EINE HAPPY END HOCHZEIT

KYLIE GILMORE

Urheberrecht

1

Eine Hochzeit an einem Traumurlaubsort? Check.

Top Brautmagazine wie *Luxury Wedding* und *Bride Special*, die über das Event des Jahrhunderts berichten? Check. Wahh!

Die umwerfende, romantische Liebe ihres Lebens heiraten? Check, check und check.

Hailey Adams tupfte sich die Freudentränen von den Augen, bemüht, ihr Augen-Make-up nicht zu ruinieren. Gott, in letzter Zeit war sie so furchtbar emotional. Gott sei Dank war es Freitag, und das Ende ihres Arbeitstages nahte. Sie konnte ihren Kunden schließlich nicht als Häuflein Elend unter die Augen treten.

Sie ging davon aus, dass ihr emotionaler Zustand etwas mit der Tatsache zu tun hatte, dass *sie* endlich die Braut war. Sie war Hochzeitsplanerin und wollte, dass ihre Hochzeit das glänzende Beispiel wurde, die Hochzeit aller Hochzeiten. Sie hatte Herz und Seele und sooo viel Zeit – ein ganzes Jahr – in die Planung investiert, und jetzt war es fast so weit. In drei Wochen würde sie auf Villroy Island, einem kleinen Königreich vor der Küste Frankreichs heiraten. Ihre Hochzeit würde die sein, die Villroy zu einem Top-Hochzeitsziel machte, die strauchelnde Wirtschaft der Insel retten und eine lange, stolze Geschichte bewahren würde. Gar kein Druck.

Sie atmete zittrig aus, dann lachte sie, als ihr Hund Rose, ein weißer Terrier-Chihuahua-Mischling, sich auf Haileys Schoß auf die Hinterbeine stellte, ihr die Pfoten auf die Schultern legte und ihr die Tränen abwischte. Max, ein schwarzer Shih Tzu-Chihuahua-Mischling, ließ sein Kauspielzeug fallen, kam angerannt und sprang mit den Vorderpfoten an Haileys Bein hoch und wollte miteinbezogen werden. Sie hob ihn hoch und kuschelte beide. Rose und Max liebten einander. Und sie waren verrückt nach Josh, der immer irgendein besonderes Spielzeug für sie hatte.

Sie rückte die Hunde auf ihrem Schoß zurecht und seufzte. Ihre Geschäftspartnerin Ally war unterwegs, um für eine ungewöhnliche Halloweenhochzeit einzukaufen, darum war nur Hailey im Büro. Sie und Ally waren jetzt gleichberechtigte Partnerinnen in Clover Parks erstklassigem Hochzeitsplanungsbüro *Love Junkies*. Sie zogen unsterbliche Romantiker für traditionelle Hochzeiten an (Haileys Spezialität) und unkonventionelle Bräute, die auf der Suche nach etwas Besonderem waren (Allys Spezialität). Ally war auch für ein spezielles Zusatzangebot zuständig, die sogenannte Sologamie-Zeremonie (Frauen, die sich zu sich selbst bekannten), die sie als bindendes und stärkendes Event anboten. Es war eine überaus befriedigende Partnerschaft. Und jetzt hatte Hailey ein bisschen mehr Freizeit, um das Verlobtsein mit dem wunderbarsten Mann der Welt zu genießen.

Das Telefon klingelte. Sie setzte beide Hunde auf den Boden, dann lächelte sie, als sie das Telefon abnahm, denn derjenige am anderen Ende konnte hören, wenn man lächelte. „Love Junkies, Hailey Adams, guten Tag."

„Hi Hailey. Camille hier von JH Bridal." Camille war eine der Top-Hochzeitskleiddesignerinnen in New York City. Das speziell für sie designte Kleid war ein Geschenk von Haileys Freundin, dem Filmstar Claire Jordan.

„Ja, hallo Camille? Wie geht's Ihnen?" Sie hatte morgen einen Termin, um ihr Kleid abzuholen. Vielleicht hatten sie noch eine tolle Last-Minute Idee, die sie hinzufügen wollten. Das Kleid war wunderschön aus Satin mit einem Spitzenoberteil, handbestickt mit winzigen Perlen und einer schönen langen Schleppe. Camille hatte selbst Haileys wildeste Fantasien übertroffen, was viel sagte, denn durch ihre Arbeit hatte Hailey zahllose fantastische Hochzeitskleider gesehen.

„Nicht so gut, Hailey. Es tut mir so leid, Ihnen das sagen zu müssen, aber im Atelier hat es gebrannt und Ihr Kleid … Ihr Kleid ist leider ruiniert."

Sie erstarrte und krallte ihre Finger um den Hörer. „Es hat gebrannt", echote sie. „Sind alle okay?"

„Ja, danke. Wir haben es schnell löschen können, aber ich fürchte, der Ruß hat Ihr Kleid vollkommen ruiniert."

Sie starrte geschockt ins Leere. Kein Kleid! Aber sie würde in zwei Wochen abfliegen. Josh und sie hatten geplant, eine Woche vor der Hochzeit einen Zwischenstopp in Paris einzulegen. Sie stand auf und ging in ihrem Büro auf und ab. Das konnte *nicht* passieren. Kein Kleid für eine Hochzeit, über die in *Luxury Weddings* und *Bride*

Special berichtet werden würde? Sie konnte nicht einfach eins von der Stange tragen. Es *musste* spektakulär sein. Es musste *perfekt* sein. Sie hatte ein ganzes Jahr lang geplant, damit jedes Detail perfekt war. An ein Feuer hatte sie dabei nicht gedacht. Warum hatte sie nicht daran gedacht? Sie hätte jede Eventualität einplanen müssen.

Gigantischer Fehler. Sie blieb abrupt stehen, presste eine Hand an ihre Stirn und schloss die Augen.

„Hailey, haben Sie gehört, was ich gesagt habe? Ich würde Sie morgen gerne dazu einladen, unser verbliebenes Inventar anzusehen. Es wird kein Unikat sein, aber ich bin mir sicher, dass wir etwas finden werden, das Ihnen gefällt. Dann werden wir es ganz schnell für sie ändern, damit es perfekt passt."

„Danke, Camille. Ich weiß das zu schätzen. Gute Nacht."

Sie legte auf und brach in Tränen aus. Die Hunde kehrten eilig zurück und sprangen an ihr hoch, um aufgehoben zu werden. Sie sah sie an, und das schwarze Fell von Max und das weiße Fell von Rose verschwammen vor ihren Augen. Sie brauchte Josh. Er war ihr Fels – ruhig, stabil und stark. Das liebte sie am meisten an ihm. Sie sehnte sich nach dieser Stabilität nach ihrer instabilen Kindheit mit ihrer unzuverlässigen Singlemutter, die es geschafft hatte, dass sie obdachlos geworden waren. Zweimal.

Sie schnallte die Hunde an die Leinen und schloss für den Abend ab. Entschlossenen Schrittes verließ sie das Gebäude, überquerte die Straße und ging das kurze Stück zur Happy End Bar zu Fuß. Josh hatte die Bar gekauft und sie für sie so genannt, nach ihrem Happy End Buchclub und ihrer Obsession, ein Happy End zu finden. Doch was für ein Happy End würde diese Hochzeit noch sein, jetzt, ohne das Kleid ihrer Träume?

Sie nahm beide Hunde auf den Arm, bevor sie die gut besuchte Bar betrat. Ihre Fellbabys waren zwischenzeitlich beide als Therapiehunde zertifiziert, was bedeutete, dass sie sie so ziemlich überall mit hinnehmen konnte, doch sie achtete darauf, dass sie sich benahmen. Im Restaurantbereich saßen Familien beim Abendessen beisammen, die Bar geradeaus war voller Leute, die nach einer langen Arbeitswoche Dampf ablassen wollten. Freitag- und Samstagabend war immer am meisten los, besonders jetzt, nachdem der Anbau mit der Tanzfläche, einer altmodischen Jukebox und zwei Billardtischen fertiggestellt war. Sie hatte schon viele glückliche Stunden mit ihm und ihren Freundinnen hier verbracht. Doch jetzt brannten heiße Tränen in ihren Augen.

Hör auf damit. Du bist eine Kriegerin. Du wirst dir eine Lösung einfallen lassen, und es wird trotzdem die Hochzeit des Jahrhunderts.

Josh nannte sie immer seine Kriegerprinzessin, was ihr viel bedeutete, denn er war selbst ein Krieger. Er hatte Jahre als Fallschirmspringer in der Army verbracht und war in Krisengebieten im Einsatz gewesen. Er liebte ihren Kampfgeist, und sie hatte sich mit dem Gedanken, eine toughe Kriegerin zu sein, angefreundet.

Sie schob sich durch die Menge zur Bar durch und rief nach Josh, der dahinter arbeitete. Er drehte sich um, und ein Lächeln erhellte sein schönes Gesicht. Lachfältchen tanzten um seine Augenwinkel. Seine dunkelbraunen Haare waren an den Seiten kurz geschnitten, oben länger und immer sexy zerzaust. Er trug das neue schwarze T-Shirt, das sie ihm gekauft hatte. Er lebte in T-Shirts und

Jeans, doch manche davon waren so alt, dass sie auseinanderfielen.

„Hast du mal eine Minute?", fragte sie, und ihre Stimme brach unter der Anstrengung, eine Kriegerprinzessin mit einem ernstzunehmenden Hochzeitskleidproblem zu sein.

Seine Miene wurde ernst. Er nickte und holte sein Handy aus der Tasche. Er rief nach Unterstützung. Einen Moment später kam Brian aus der Küche und übernahm für Josh.

Sie folgte ihm ans Ende der Bar, wo er eine warme Hand auf ihren unteren Rücken legte und sie durch die Küche zu seinem Büro führte. Sobald er die Tür hinter sich geschlossen hatte, setzte sie die Hunde ab, und sie rannten sofort zu einem Korb mit Hundespielzeug, den Josh für sie in der Ecke aufbewahrte.

Er strich ihr eine Haarsträhne hinters Ohr. „Was ist los, Sweetheart?"

Ihr Hals schnürte sich zu, als sie den Kosenamen hörte. Ihr ruppiger und tougher ehemaliger Soldat benutzte süße Worte eher sparsam, auch wenn sie nie an seiner Liebe zweifelte. „Ich wollte dir nur sagen …" Ihre Stimme versagte. Sie holte zittrig Luft. „Es hat ein kleines Problem gegeben." Die Tränen begannen zu fließen, und sie wischte sie schnell weg. „Tut mir leid, ich bin in letzter Zeit so emotional. Muss an der Hochzeit liegen."

Er zog sie in seine Arme. „Ja, das habe ich bemerkt. Ich bin mir aber nicht sicher, ob es an der Hochzeit liegt."

Sie blickte abrupt zu ihm auf. „Natürlich liegt es an der Hochzeit. Mein erstes Mal als Braut. Und ich spüre den Druck der Berichterstattung durch die Magazine und dadurch, Villroy als Hochzeitsziel zu etablieren."

Er schob eine Hand unter ihre Haare in ihren Nacken und zog sie zu einem Kuss an sich. „Hailey, Liebes."

Sie schluchzte, als sie *Liebes* hörte, ein weiterer ungewöhnlicher Kosename. Er musste all diese süßen Worte benutzen, weil sie wohl aussah, als würde sie gleich durchdrehen. Sie *würde* durchdrehen. „Was?", fragte sie mit angestrengter Stimme. „Oh, du bist einfach wunderbar."

Er lächelte gegen ihre Lippen. „Du auch. Erinnerst du dich, als wir vor vier Wochen unser einjähriges Verlobungsjubiläum gefeiert haben?" Was für eine dumme Frage. Natürlich erinnerte sie sich. Sie hatte alles geplant. Sie hatten ihre ganze Beziehung nachvollzogen – angefangen mit einem gespielten Streit in der Bar, zu einem geheimen, leidenschaftlichen Meeting in seinem Büro, bis hin zu einem romantischen Dinner zu Hause. Er hatte seinen Teil dazu beigetragen, indem er ihr ein Gourmetdinner gezaubert und ihr Rosen geschenkt und ihr vorher ein paar SMSen geschickt hatte, in denen er sie hatte wissen lassen, dass er sich auf alles freute. Er hatte reichlich Ausrufezeichen benutzt, um seiner Begeisterung Ausdruck zu verleihen, weil er wusste, dass sie das liebte.

Sie lächelte ihn mit feuchten Augen an. „Ja, das war wunderbar."

Er hob sie an der Taille hoch und setzte sie auf seinen Schreibtisch. Sie stieß nicht einmal einen Laut dabei aus. Josh ging oft recht grob mit ihr um, und es gefiel ihr. Er schob ihr Kleid zu ihren Hüften hoch, spreizte ihre Beine und schob sich dazwischen. Sie wurde feucht vor Vorfreude, als sich seine Finger in ihr Haar gruben, ihren Kopf empor beugten und er sie mit loderndem Blick ansah. Sie öffnete den Mund, ganz auf ihn konzentriert, und ihre Verzweiflung von vorhin war vergessen – zumindest vorübergehend.

Ein atemloser Moment spannungsgeladener Stille verstrich, bevor sein Mund sich über ihrem zu einem tiefen, hungrigen Kuss schloss und er sie langsam auf den Tisch legte. Sie schlang ihre Arme um seinen Nacken und verlor sich in der köstlichen Hitze. Der Kuss wurde animalisch, als er sich an ihr rieb, und sie stöhnte in seinen Mund. Sie waren Tiere, die bei jeder Berührung in Flammen aufgingen, aneinander gefesselt durch tiefe Liebe und Leidenschaft. Sie liebte es. Sie wollte immer, was er ihr geben konnte.

Sie schlang ihre Arme um ihn und hob ihre Hüfte für mehr. Seine Lippen wanderten zu ihrem Ohr, und er zupfte sanft an ihrem Ohrläppchen, bevor er flüsterte: „Du erinnerst dich an diesen Teil unseres Jahrestags? Wie wir uns haben hinreißen lassen? So heiß, dass du nicht warten konntest. Du hast mich angebettelt, Hailey. Und was habe ich gesagt?"

Sie riss die Augen auf. Es war genauso während ihres Verlobungsjahrestages gewesen – sie auf dem Schreibtisch, Josh auf ihr. Das Gespräch fiel ihr sofort wieder ein.

Joshs Atem war rau in ihrem Ohr gewesen. „Ich habe keine Kondome hier. Wir müssen warten."

„Scheiß drauf", hatte sie gesagt. „Niemand wird beim ersten Mal schwanger." Dann hatte sie ihn grob geküsst, und er hatte in ihren Mund gestöhnt, sie liebkost und seinen harten Körper an sie gepresst. Feuer. Sie brannte nach dem Mann, den sie von Tag zu Tag mehr liebte.

Er unterbrach schwer atmend den Kuss und lehnte seine Stirn an ihre. „Es kann passieren. Wie glaubst du, habe ich so schnell so viele Geschwister bekommen?"

Sie knöpfte seine Jeans auf, schob ihre Hände hinein und hielt seine pochende, harte Erektion. „Bitte, Josh, ich brauche dich so sehr." Sie war eine Woche bei einer Brautmesse gewesen und hatte ihn so vermisst. Dann hatte sie ihn befreit, ihre Beine gespreizt und ihn genau dorthin geführt, wo sie ihn wollte.

Er nahm sie mit einem harten Stoß, hielt in ihr inne und hielt ihr Gesicht in einer Hand. Zwischen Küssen sagte er: „Es ist okay." *Kuss.* „Wir heiraten nächsten Monat." *Kuss. Stoß.* „Und wir wollen beide Kinder."

„Ja", hauchte sie.

Er zog sich beinahe ganz zurück und stieß wieder in sie hinein. „Hailey", stöhnte er.

Sie versank ihre Zähne in seine Unterlippe. Seine Reaktion folgte sofort, schoss durch sie hindurch, und seine Hände packten ihre Haare.

Er rammte in sie hinein. Wieder und wieder und wieder.

Alles in ihr war glühend heiß, zum Zerreißen gespannt.

Ja, ja, ja.

Ihre Blicke begegneten sich und alles wurde noch intensiver, als er seine Hand unter ihre Hüfte schob und sie nur ein bisschen neigte, um den richtigen Winkel zu finden, als er zustieß. Sie keuchte, grub ihre Nägel in seine Schultern und klammerte sich für diesen wilden, aufregenden Ritt an ihm fest.

Heiß. Hart. Grob.

Keine Zurückhaltung.

Verlangen, wie sie es nie zuvor gespürt hatte, packte sie. Gierig nahm sie, was er gab, und ihr Körper zuckte um ihn bei jedem tiefen Stoß. Weiter und weiter und weiter. Höher und höher. Ihr Atem stockte, als der Orgasmus über ihr hereinbrach, eine Schockwelle der Lust so mächtig, dass ihr schwarz vor Augen wurde. Sie atmete schwer, ihr Herz pochte in ihren Ohren, als er sie weiter brachte, mit jedem harten Stoß mehr Lust durch sie hindurchtrieb, und dann kam sie erneut mit einem erstickten Schrei. Sein Atem war rau in ihrem Ohr, als er weiter in sie hineinpumpte, bis er mit einem langen, gutturalen Stöhnen kam.

Er ließ sein Gewicht auf sie sinken. Ihre Körper schweißnass, verbunden auf eine Art und Weise, wie sie es noch nie gewesen waren, ohne jede Barriere. Sie hielt ihn fest, überwältigt von allem, was sie für ihn empfand.

Sie blinzelte, rot von der heißen Erinnerung, und sah ihn wieder an. „Ich erinnere mich."

Er zog sie hoch und strich ihr die Haare aus dem Gesicht. „Wir haben seitdem nicht aufgehört. Du warst seitdem dauernd heiß auf mich, ohne Pause."

Sie zog einen Schmollmund. „Willst du etwa eine Pause von mir?"

Er schnappte nach ihrer Unterlippe. „Ich liebe es. Ich meine ja nur. Nach diesem Mal hier habe ich wieder ein Kondom benutzt, doch ich fange an zu glauben, dass das vielleicht nicht nötig war. Du bist emotional, weinst bei jeder Kleinigkeit, und ich habe gezählt und wir müssen die Möglichkeit in Betracht ziehen–"

„Willst du damit sagen, dass ich schwanger bin?" Bei all dem Hochzeitsstress hatte sie vergessen, auf ihren Zyklus zu achten.

„Gut möglich."

Sie stieß seine Hände weg. „Ich kann nicht versehentlich schwanger sein! *Ich* war eine versehentliche Schwangerschaft. Ich würde das nie zulassen."

Josh sah sie nur an und wartete geduldig wie immer.

Sie faltete ihre Hände auf ihrem Schoß und starrte sie an. „Ich habe es zugelassen", sagte sie leise.

Er setzte sich neben sie und nahm ihre Hand in seine. „Es ist nicht so, wie es war, als du eine Überraschungsschwangerschaft warst. Du und ich, wir sind im Begriff zu heiraten. Wir haben gesagt, dass wir auf der Hochzeitsreise anfangen. Du weißt, ich will Kinder. Ich kann es nicht erwarten, und wenn es wirklich so ist, ist das das beste Hochzeitsgeschenk, das du mir machen könntest."

Ihre Unterlippe zitterte. „Ich kann keine schwangere Braut sein!"

„Niemand würde es wissen. Bis dahin sieht man es doch noch nicht." Er legte die Hand an ihre Wange und zwang sie, ihn anzusehen. „Ich hab dich so verdammt lieb. Nichts würde mich glücklicher machen, als eine Familie mit dir zu haben. Darum habe ich es bei unserem Verlobungsjahrestag zugelassen." Er küsste sie. „Freu dich mit mir darüber."

„Das tue ich. Ich bin glücklich", sagte sie, und die Tränen flossen. „Du wirst ein großartiger Dad sein. Du bist einfach wunderbar", schluchzte sie.

Josh zog sie einen Moment lang an sich und presste ihren Kopf an seine Brust. Dann küsste er sie auf die Haare, stand auf und ging um seinen Schreibtisch herum.

Sie wischte ihre Tränen ab und nahm sich einen Moment Zeit, um tief Luft zu holen und sich zu fassen, bevor sie verkündete: „Ach übrigens, ich habe kein Hochzeitskleid." Sie starrte geradeaus und kämpfte darum, ruhig zu bleiben.

„Doch das ist okay. Es muss immer etwas geben, das bei einer Hochzeit schief geht, und es ist gut so, wenn es jetzt schon passiert. Darum muss ich jetzt nur schnell ein Unikat/Designeroriginal in meiner Größe finden, und alles wird …" Sie verstummte, als Josh ihr eine Plastiktüte in die Hand drückte. Sie öffnete sie und fand eine grellrosa Schachtel. Ein Schwangerschaftstest. Sie schluckte schwer.

„Ich habe ihn vorhin besorgt", sagte er sanft. „Darauf steht, dass man den Test am Morgen machen soll, darum mach ihn morgen früh, und dann sehen wir weiter, okay?"

Sie biss sich auf die Lippe und nickte. Er hielt sie am Kinn. „Und mach dir keine Sorgen wegen des Kleides, okay? Ich werde dafür sorgen, dass du eines bekommst und es mit meinem Leben beschützen."

Sie blinzelte die Tränen weg. Er war ein Beschützer – für sie, für all seine jüngeren Geschwister und jahrelang für sein Land in der Army. Er war ein starker Krieger, und sie war seine Partnerin, ihm gleichgestellt. Er sagte das immer über sie, und sie liebte es, dass er so über sie dachte, besonders diese Kriegersache. Sie rief diesen Kampfgeist auf, um die Tränen niederzuringen. „Okay, danke. Und ich werde dafür sorgen, dass die Hochzeit perfekt wird."

Er knabberte an ihrer Unterlippe. „Ich brauche es nicht perfekt. Ich brauche nur dich."

Sie verzog die Lippen. „Willst du damit etwa sagen, dass ich nicht perfekt bin?" Ha! Noch ein Fehler auf der Liste – sie hatte es geschafft, dass er sie versehentlich geschwängert hatte. Vielleicht.

Seine dunklen Augen tanzten amüsiert. „Du bist genauso perfekt wie ich."

Sie lächelte, was sie angesichts der schockierenden Ereignisse erstaunte. „Was, wenn ich schwanger bin?"

„Dann bin ich der glücklichste Mann auf Erden."

Sie strahlte ihn an. „Dann bin ich auch glücklich. Ich muss allerdings jede Menge planen, und ich will die neusten Erziehungsbücher lesen. Ich weiß überhaupt nichts übers Muttersein."

„Machst du Witze?" Er deutete auf Max und Rose, ihre Fellbabys, die Seite an Seite lagen, ihre Kauspielzeuge in den Pfoten. „Schau, wie gut du mit ihnen umzugehen verstehst. Sie sind glücklich und gut erzogen."

Sie lachte. „Ich bin mir sicher, dass das nicht dasselbe ist."

Er nahm sie in die Arme. „Und du gehst wunderbar mit Owen um. Du bist ein Naturtalent." Owen war ihr sechs Monate alter Neffe. Ein hübsches Baby mit blonden, flauschigen Haaren, die ihm wie Daunen vom Kopf abstanden, und zwei winzigen Babyzähnchen im Unterkiefer. Er war der Sohn von Claire und Jake. Jake war Joshs eineiiger Zwillingsbruder, darum verbrachten sie viel Zeit miteinander.

„Du kannst es aber auch gut mit ihm."

Er lächelte. „Danke. Ich habe geholfen, meine jüngeren Geschwister großzuziehen. Mad war ja erst ein Jahr alt, als unsere Mom gegangen ist."

Sie legte die Hand an seine stoppelige Wange. „Ich weiß. Sie hatte solches Glück, dass sie dich hatte."

Seine dunklen Augen strahlten. „Wir sind bereit dafür."

„Das sind wir."

„Ich habe schon beim Gedanken daran in der Apotheke getanzt."

Sie riss die Augen auf. „Du? Getanzt?"

„Ich weiß. Schwer zu glauben, aber wahr."

Sie lachte. Josh war kein Tänzer, auch wenn er recht anständig Walzer tanzen konnte. Er hatte es nur gelernt, weil man Frauen damit beeindrucken und verführen konnte – das hatte er ihr einmal gestanden, und es funktionierte.

2

Am nächsten Morgen kehrte sie mit dem Schwangerschaftstest in der Hand ins Schlafzimmer zurück.

Josh starrte ihn an, jubelte, packte sie und wirbelte sie herum. Sie waren schwanger.

Sie hatte geglaubt, dass sie Angst bekommen oder geschockt sein würde, doch alles, was sie spürte, war pures Glück. Es war schwer, nicht glücklich zu sein, so, wie Josh sie anstrahlte mit dem breitesten Lächeln, das sie je auf seinem schönen Gesicht gesehen hatte. Sie löste sich von ihm, um den Test auf den Nachttisch zu legen, und drehte sich wieder zu ihm um, ihr eigenes Lächeln so breit, dass ihr die Wangen wehtaten. Alles schien zu strahlen, so hell und so richtig.

Josh öffnete seine Arme weit. „Herzlichen Glückwunsch, neue Mom!"

Sie imitierte die Geste. „Herzlichen Glückwunsch, neuer Dad!"

Sie lachten, dann packte er sie und umarmte sie erneut.

Sie schlang ihre Arme um ihn, sicher, dass von jetzt an

alles gutgehen würde. Hallo Welt, wir kommen! Hier kommt die schwangere Braut für die Hochzeit des Jahrhunderts! Mit Josh an ihrer Seite konnte sie jedoch nichts aus dem Konzept bringen.

Oh nein.

Sie riss sich los, rannte ins Bad und übergab sich. Morgenübelkeit, pünktlicher ging es nicht.

Mission Hochzeit – bring alles unter Dach und Fach. Es gab nichts, was Josh seiner Braut verweigern würde. Nicht einmal eine Hochzeit im Königreich seines kurzzeitigen Rivalen, Prinz Phillip Rourke, des Playboyprinzen. Egal, dass Josh ein entspannter Typ war, der auch mit einer Zeremonie im Rathaus, gefolgt von Drinks in seiner Bar glücklich gewesen wäre. Doch als Hailey seinen Antrag angenommen hatte, ihr Leben für immer an seines zu binden, hatte er ihr ein Versprechen gemacht – immer dafür zu sorgen, dass sie glücklich war. Und er pflegte, seine Versprechen zu halten.

Er war nicht einer dieser Weicheier, die unter dem Pantoffel ihrer Frauen standen, oh nein. Er war einfach ein Mann von Ehre. Die Wahrheit war, als er sich schließlich in Hailey verliebt hatte, war es bis über beide Ohren gewesen. Eine Weile hatte er geglaubt, er würde den Verstand verlieren, doch jetzt hatte sich alles eingependelt, so wie er es mochte. Er und Hailey waren Partner und liebten einander grenzenlos. Sie würde alles für ihn tun und er für sie. Sie tat bereits so viel, umsorgte ihn zu Hause und bei der Arbeit und brachte einen weichen Touch in seine raue, schroffe Welt. Sie hinterließ sogar kleine Liebesbriefchen in seiner Wohnung, auf die er meistens ganz zufällig stieß. Natürlich wäre er bereit, Schädel einzuschlagen, um ihr Glück zu garantieren, das war gar keine Frage.

Darum parkte er am Tag, nachdem Hailey ihm von ihrem Brautkleidproblem erzählt hatte, mit seiner schwangeren, zu Tränen neigenden Braut seinen Hintern in einer schickimicki Brautmodenboutique, und er würde erst wieder aufstehen, wenn alles zu Haileys Zufriedenheit geregelt war. Hatte er die Designerin insgeheim bestochen, Überstunden zu machen, mit der Andeutung, in Zukunft mit seiner berühmten Schwägerin Claire Jordan arbeiten zu können? Vielleicht. Hatte er die Arbeitsbienen mit seinem Charme um den kleinen Finger gewickelt? Definitiv. Hatte er ein paar Kunden verscheucht, um jede Bedrohung für die Mission Hochzeitskleid aus dem Weg zu räumen? Verdammt richtig. Seine Braut wollte ein Designeroriginal, und genau das würde sie bekommen. Keine Zeit für Perlenstickerei, doch das war nun auch egal.

Als sie das Kleid am Tag vor ihrer geplanten Abreise anprobierte, war es schön, und Hailey war glücklich. Missionsziel erreicht.

Hailey ging es jetzt ausgezeichnet. Sie war viel ruhiger, was die Hochzeit anging, denn ihr Fokus hatte sich auf das Baby, das in ihr wuchs, verlagert. Alle Männer in seiner Familie hatten starke „Schwimmer", darum war er sich ziemlich sicher gewesen, dass sie schnell schwanger werden würde. Er liebte es, sie strahlend und glücklich zu sehen, und vor allem, wenn sie regelmäßig mit ihrem Bauch sprach, um dem Baby die Welt zu erklären. Es war nicht mehr lange bis zur Hochzeit – zwei Tage. Sie hatten ein paar Tage lang Paris erkundet, das wunderbar war im Juni und voller Sonnenschein. Er liebte es, die Welt durch Haileys große, blaue Augen zu sehen. Sie war eine geborene Romantikerin, und Paris war alles, was sie sich erhofft hatte. Es war auch schön gewesen, Zeit mit ihr ohne ihre haarigen Dauerbegleiter Rose und Max zu verbringen. Claire und Jake würden sie später zusammen mit Haileys Hochzeitskleid im Privatjet mitbringen.

Jetzt waren sie auf der Fähre nach Villroy Island. Er blickte in ihre Richtung, als Hailey vom verglasten Unterdeck hinauf kam, nachdem sie eine ganze Weile in der Damentoilette verbracht hatte. Sie war seekrank und litt unter Morgenübelkeit. Ihr Gesicht war blass und ihre Miene angestrengt, ihre Lippen zu einer Grimasse verzogen, und ihre rotblonden Haare, die sie zu einem behelfsmäßigen Pferdeschwanz gebunden hatte, peitschten im Wind. Und doch hatte sie nie schöner ausgesehen, seine schwangere Braut.

Er ging zu ihr, legte einen Arm um ihre Schulter und führte sie zur Reling. „Bist du okay?" Er hatte ihr recht erfolgreich geholfen, die Morgenübelkeit in Schach zu halten, indem er sie mit Crackern und Baguettestückchen versorgt hatte. Doch die Bewegungen der Fähre waren zu viel für sie, und die Überfahrt dauerte fast zwei Stunden.

„Ich habe das Gefühl, meine Lunge aushusten zu müssen." Sie hängte den Kopf über die Reling. „Da ist nichts mehr in mir."

Er streichelte ihren Rücken. „Wir sind fast da. Noch eine halbe Stunde. Komm, es hilft, den Blick auf den Horizont gerichtet zu lassen. Er führte sie zu einer Bank, und gemeinsam starrten sie hinaus auf die Grenze zwischen dem aufgewühlten Meer und dem Himmel. Er bot ihr eine Flasche Wasser aus seinem Rucksack an.

Sie stieß sie weg. „Ich kann nicht. Mir ist zu übel."

„Nur kleine Schlucke." Er strich ihr eine Haarsträhne hinters Ohr und flüsterte: „Wenn du dehydriert bist, ist das nicht gut für das Baby." Vor der Hochzeit wollten sie niemandem etwas von den Babyneuigkeiten erzählen. Dem Arzt nach war sie jetzt in der neunten Woche, doch sehen konnte man noch nichts. Auf jeden Fall hatte der Arzt erklärt, dass es wichtig war, dass sie bei ihrer Morgenübelkeit auf der Reise darauf achtete, genug zu trinken.

Pflichtbewusst trank Hailey einen Schluck. Sie war tapfer. „Ich kann's kaum erwarten, wieder festen Boden unter den Füßen zu spüren. Ich will meine Zähne putzen, mich in meinen Pyjama werfen und mich in einem Bett zusammenrollen."

„Es ist doch erst Nachmittag."

Sie starrte hinaus auf den Horizont. „Ich bin erledigt. Versuch du mal stundenlang zu würgen, während ein Baby das letzte bisschen Energie aus dir raussaugt."

Er hielt ihren Kopf und küsste sie auf die Wange. „Meine Kriegerprinzessin, du schaffst das."

Sie trank einen weiteren Schluck Wasser, nahm seine Hand und drückte sie. Sie liebte ihn. Er bekam diese Botschaft jeden Tag irgendwie – durch ihre liebevollen Gesten, ihre Worte, ihr Lächeln voller Wärme, ihre Augen voller Liebe.

Er stand auf, um zu sehen, ob sie bald ankommen würden. Die Insel kam in Sicht. Er und Hailey waren letzten Juli zu Prinzessin Silvias Hochzeit hier gewesen. (Die Prinzessin hatte in den USA *und* auf der Insel geheiratet.) Villroy Island war von der modernen Zeit weitgehend unberührt geblieben, auch wenn es natürlich Handys und Internet gab.

Die Küste war schroff mit Klippen, doch kleine Buchten mit feinen Sandstränden und türkisblauem Wasser schmiegten sich zwischen die Felsen. Port Axel war das Zentrum der Fischerei, der traditionellen Wirtschaftsgrundlage der Insel. Der Fisch hier war unglaublich – Thunfisch, Barsche, Seeteufel, verschiedene Muscheln und so weiter. Es gab einen alten, weißen Leuchtturm mit rotem Dach, und jede Menge weiße Boote tanzten auf dem Wasser. Um den Hafen herum standen weiß gekalkte Gebäude mit roten Dächern und blauen Fenstern, die sich auch im Inland und entlang der Straße zum Schloss fanden. Auf der anderen Seite der Insel gab es Dünen und Marsche, die sie beim letzten Mal noch nicht erkundet hatten.

Und im Zentrum der Insel stand der königliche Amalienpalast. Er kannte den Palast von der Hochzeit der Prinzessin und den zahllosen Bildern, die Hailey ihm bei den Planungen der Hochzeit gezeigt hatte. Zu Wikingerzeiten war das Zentrum der Insel eine runde Festungsanlage gewesen, deren Überbleibsel immer noch neben dem neueren Schloss aus dem achtzehnten Jahrhundert zu sehen war. Es wirkte wie aus einem Märchen. Erbaut aus Sandstein mit Kupferdächern, war es fünf Stockwerke hoch – beziehungsweise sechs in den zwei größeren Türmen und mehreren kleinen Türmchen. Zwei Flügel erstreckten sich zu den Seiten und rahmten einen beeindruckenden Hof, der sich zu manikürten Gärten hin öffnete. Ein Großteil der königlichen Familie lebte hier

–abgesehen von Prinzessin Silvia, die zu ihrem Mann nach Amerika gezogen war.

Eine halbe Stunde später legte die Fähre endlich an, und er seufzte erleichtert auf, dass Hailey den Rest der Überfahrt überstanden hatte, ohne sich noch einmal übergeben zu müssen. Er stand auf, überrascht zu sehen, dass an der Anlegestelle eine riesige Menge wartete – Fotografen und Kameraleute drängten sich zwischen einem Haufen von Schaulustigen, die ihre Handys bereithielten, um Fotos zu machen. Dahinter parkten drei schwarze Mercedes mit getönten Scheiben, von denen er wusste, dass sie der königlichen Familie gehörten – beim letzten Besuch war er in einem gefahren. Sein Blick fiel auf ein riesiges Banner: *Herzlichen Glückwunsch, Josh und Hailey!*

Schnell setzte er sich wieder zu Hailey. „Sie geben uns ein königliches Willkommen. Sieht aus, als wäre fast die ganze Insel da. Fotoapparate, Video und so weiter."

Sie starrte ihn an. „Diesen Teil habe ich nicht geplant. Morgen soll im Palast ein Willkommensempfang stattfinden. Schau mich an – ich sehe furchtbar aus!"

Er zwinkerte ihr zu. „Keine Sorge, ich sehe gut aus wie eh und je."

Sie lachte, dann wurde sie ernst. „Was soll ich machen?" Sie blickte an sich hinunter: Weiße, weite Tunikabluse, altrosa Leggings und beige Sandalen. „Für so was bin ich nicht angezogen."

Er zeigte auf sein graues T-Shirt, seine ausgewaschenen Jeans und Sneakers.

„Du siehst immer so aus. Mich sehen sie als Hochzeitplanerin. Ich muss professionell wirken." Sie hatte wahrscheinlich recht, zumal sie die Braut und die seiner Meinung nach beste Hochzeitsplanerin der Welt war. Vielleicht würde nach dieser Hochzeit auch der Rest der Welt so denken.

Er zog ihr den Haargummi aus ihrem Pferdeschwanz und strich ihr über die Haare. „Bürste nur schnell deine Haare aus. Der Rest sieht toll aus. Du siehst immer toll aus auf Fotos."

Sie nahm ihre Handtasche und verschwand unter Deck. Jemand von der Crew hatte ihr Gepäck nach draußen gebracht, und Josh legte ihre Rucksäcke oben auf.

Wenig später kehrte Hailey zurück und sah perfekt zurechtgemacht aus – bis hin zu pink glänzenden Lippen. Sie hatte einen hauchzarten rosa Schal um ihren Hals geschlungen, was das ganze Outfit mit einem Schlag eleganter wirken ließ. Doch seiner Meinung nach könnte sie einen Sack tragen und würde immer noch gut aussehen. Er glaubte nicht, dass er sich je an ihre Schönheit gewöhnen konnte. Sie war eine ehemalige Schönheitskönigin und hatte sich mit Wettbewerben das Studium finanziert.

Sie kam zu ihm. „Was denkst du? Besser? Wenn sie heute Fotos machen, kommen die bestimmt in eines der Brautmagazine."

„Du siehst schön aus wie immer." Er streichelte ihre Hand und gab ihr ein Ingwerbonbon – die sollten angeblich gegen Übelkeit helfen. „Lutsch den."

Sie wickelte das Bonbon aus, lächelte verschmitzt. „Irgendwo hab ich das schon mal gehört."

Er schmunzelte. „Nach dir." Sie ging vor ihm den Landungssteg hinunter und winkte begeistert, angesichts der herzlichen Begrüßung, durch die Menge. Niemand da, den er erkannte. Ihre Freunde und Familie mussten im Palast warten. Er ging hinter ihr her und lächelte verhalten in die Kameras, seine Konzentration halb auf sie, halb auf die wartenden Wagen gerichtet.

Prinz Phillip stieg aus der mittleren Limousine aus und ging von zwei Bodyguards flankiert hinaus. Er war ein bisschen kleiner als Josh, fit, mit lässig zerzausten, dunkelbraunen Haaren, scharf geschnittenen Wangenknochen, wie man sie sonst meist nur an männlichen Models sah, und einem freundlichen Lächeln. Als gutaussehender Adliger hatte er eine ansehnliche Internetfangemeinde. Zum Kotzen. Hailey hatte immer gesagt, dass Phillip ihre Lieblingsfantasie war und sie sich ihn vorstellte, wenn sie irgendwelche Liebesromane las. Josh hatte jedoch ausreichend Eindruck hinterlassen, dass sie keine Fantasieliebhaber mehr brauchte.

„Willkommen in Villroy!", rief Phillip mit einem strahlenden Lächeln.

Hailey ging schneller. „Phillip! So schön, dich zu sehen!"

Josh holte sie gerade ein, als Phillip sie zur Begrüßung auf beide Wangen küsste. Er wartete geduldig. Jetzt, wo Hailey ihm gehörte, hatte er es nicht mehr nötig, eifersüchtig zu sein.

Phillip streckte ihm die Hand entgegen. „Josh, schön, dich wiederzusehen."

Josh schüttelte seine Hand. „Was für eine Begrüßung."

Phillip lächelte angespannt. „Neuigkeiten verbreiten sich hier schnell." Er lächelte Hailey an. „Wie war die Reise? Und wie geht's Rose und Max?"

„Oh, denen geht's wunderbar, danke. Die Reise war toll, danke. Josh und ich haben Paris wirklich genossen. Danke nochmal für das großzügige Hochzeitsgeschenk."

Ja, Phillip war so froh gewesen, dass sie zugestimmt

hatten, ihre Hochzeit hier zu feiern und sie von Topbraut-
magazinen dokumentieren zu lassen, dass er ihnen Flüge
erster Klasse und den Aufenthalt in einem Fünfsternehotel
in Paris geschenkt hatte. Er war von Natur aus großzügig
und stinkreich, auch wenn das Königreich an sich ins
Straucheln geraten war, weil die jungen Leute in Scharen
zu besseren Jobchancen abwanderten.

„Gern geschehen." Phillip begleitete sie zu den Fotografen, bei denen sie sich bereitwillig fotografieren ließen.

Ein Reporter hielt Hailey ein Mikrofon unter die Nase.
„Irgendein Kommentar zu den Furries?"

„Was?", fragte Hailey verständnislos.

„Kein Kommentar", sagte Phillip nur, dann wiesen
seine Wachen die Presse in ihre Schranken.

Sie folgten ihm in seinen Mercedes. Die Autos vor und
hinter ihm mussten für die Sicherheitsleute sein. Sobald
sich die Tür hinter ihnen schloss, fragte Hailey: „Was hat
er mit Furries gemeint?"

„Vielleicht unseren Ringpagen und das Blumenmädchen?", bemerkte Josh. Rose und Max würden als Blumenmädchen und Ringpage fungieren. Natürlich hätten sie
seine vierjährige Nichte Viv, die Tochter seines Bruders
Alex, als Blumenmädchen einsetzen können, und TJ, der
Sohn seines Bruders Ty, hätte mit seinen achtzehn
Monaten mit etwas Hilfe vielleicht auch schon den Ringpagen spielen können, doch Hailey hatte ihre Fellbabys
involvieren wollen. Und Viv war ein Wildfang. Als
Blumenmädchen bei Alex und Laurens Hochzeit war sie
wie ein Wirbelwind durch die Gänge der Kirche gestürmt,
und TJ war auch ein typisches Campbell-Kind, ein echter
Teufelsbraten.

Er reichte Hailey den Sitzgurt für ihren Platz in der

Mitte. „Du musst schon zugeben, dass sie ein bisschen exzentrisch sind."

Hailey schnallte sich an und wandte sich Phillip zu, der ungewöhnlich still war.

Josh kniff die Augen zusammen, denn ein unbehagliches Gefühl machte sich breit. „Problem?"

Phillip schluckte. „Es hat eine kleine Verwechslung gegeben, doch ich bin mir sicher, sobald wir alles Gepäck verstaut haben und uns schön zusammensetzen–"

„Was ist?", fragten er und Hailey wie aus einem Munde.

Philipp schnitt eine Grimasse. „Es scheint, dass unsere neue Hochzeitsplanerin den Veranstaltungsort doppelt gebucht hat."

„Doppelt gebucht?", echote Hailey. „Aber wir sind die erste Hochzeit."

„Was ist es, eine Hundehochzeit?", fragte Josh, nachdem der Mann von Furries gesprochen hatte. „Schmeiß sie raus."

Phillip fuhr sich mit der Hand durchs Haar. „Nein, nicht Hunde. Das sind Leute, die sich selbst als Furries bezeichnen. Sie haben Spaß daran, sich mit gepolsterten Tierkostümen zu verkleiden." Er räusperte sich. „Wir haben einen ganzen Haufen von ihnen hier, die extra aus Australien hierher gekommen sind. Leider können wir sie nicht so einfach rausschmeißen. Sie haben sich hier breitgemacht und den doppelten Preis bezahlt. Ich dachte, sie würden nächste Woche kommen, doch die Hochzeitsplanerin hat die Daten falsch eingegeben. Ich bin mir sicher, dass wir das für Samstag schon irgendwie geregelt bekommen."

Hailey wandte sich ihm zu, die blassblauen Augen alarmiert aufgerissen.

Josh biss die Zähne zusammen. „Ich regele das."

„Gott weiß, ich habe es versucht", seufzte Phillip.

Und das war der Unterschied zwischen einem Prinzen und einem Soldaten. Josh würde das regeln. Solange er etwas zu sagen hatte, würde Haileys Traumhochzeit wahr werden.

3

Das war ein Alptraum! Hailey hätte geweint, wenn sie nicht so entsetzt gewesen wäre. Reichte es nicht schon, dass sie sich stundenlang die Seele aus dem Leib hatte kotzen müssen, nur um hierher zu kommen? Jetzt konnte sie sich überhaupt nicht entspannen. Jetzt musste sie mit ihrem mulmigen Magen auch noch damit fertig werden. Wie konnte so etwas überhaupt passieren? Sie hatte nicht gewusst, dass Phillip bereits eine Hochzeitsplanerin für Villroy eingestellt hatte. Warum in aller Welt hatte er das getan? Haileys Hochzeit war die erste Hochzeit, und sie war ihr eigener Hochzeitsplaner. Wäre es einfacher für sie gewesen, die Hochzeit in Ludbury House in Clover Park zu feiern, wo ihr Büro war? Natürlich! Doch nachdem sie die Ehre gehabt hatte, die US-Hochzeit von Prinzessin Silvia mit einem Amerikaner zu planen, war eine Anfrage nach der anderen hereingekommen. Da war es nur sinnvoll, die Hochzeit auf Villroy Island zu feiern, um das Geschäft dort anzukurbeln. Besonders nach allem, was die königliche Familie für sie getan hatte.

Phillip hatte voreilig gehandelt. Vielleicht war er davon ausgegangen, dass ihre Hochzeit so fantastisch sein würde, dass die Eventlocation sofort ausgebucht sein würde. Doch Hailey feierte ihre Bräute nicht, solange sie noch nicht unter der Haube waren. Grrr …

Joshs Rücken war kerzengerade, als er neben ihr her zum Palasteingang ging. Er war sonst immer recht entspannt, darum musste auch er vor Wut schäumen. Er würde einen Riesenaufstand veranstalten, doch das war nicht immer der beste Weg, etwas erledigt zu bekommen, besonders, wenn es um Hochzeiten ging. Die Luft war bei einem so großen Anlass sowieso schon emotionsgeladen. Was nötig war, war Finesse. Takt.

Sie keuchte. Die Wachen hatten gerade die Palasttore geöffnet, und vor ihr lag der atemberaubende zweistöckige Saal mit Marmorboden, goldenen Spiegeln und Damast-Wandbeschlägen aus meergrüner Seide mit goldenem Blattmuster. Dann hüpfte ein Plüschkänguru an ihr vorbei.

Mit einem Brautschleier.

Ein Koala mit einem Zylinder auf dem riesigen Kopf jagte hinter ihr her.

Ihr Gesicht begann zu glühen, und sie ballte ihre Hände zu Fäusten. Sie wollte diesem Känguru-Koala Pärchen, das ihre Hochzeit auf den Kopf stellte, Obszönitäten entgegenschleudern, ihnen einen Tritt in ihre flauschigen Hinterteile versetzen und sie in hohem Bogen aus dem Palast werfen. Aber nein. Sie würde sich nicht auf dieses Niveau hinablassen, denn – Sie. War. Eine. Stilvolle. Lady. Außerdem würde jeden Moment der Reporter von Luxury Weddings eintreffen.

Ein Butler in einem schwarzen Anzug und zwei

Männer in Dienstbotenuniform aus weißen Hemden und schwarzen Hosen kamen auf sie zu, doch ein violettes Kaninchen, das in sein Handy sprach, war alles, worauf Hailey sich konzentrieren konnte. Sie wusste, dass es ein Mann war, denn er trug keine Handschuhe und seine Hand war groß und haarig. Er lehnte an der Wand, die Hand lässig um die Schultern eines Wombats gelegt. Sie war sich ziemlich sicher, dass es ein Wombat war, flauschig, niedlich und kuschelig. Sie biss die Zähne aufeinander. Das konnte nicht sein.

Josh ging voraus und unterhielt sich leise mit Phillip, während die Dienstboten sich um ihr Gepäck kümmerten. Sie beeilte sich, um Josh einzuholen, als jemand von hinten gegen sie stieß. Sie schrie auf und wäre beinahe gestolpert, fing sich jedoch gleich wieder.

Es war ein großer, beigebrauner Hund, der auf den Hinterbeinen lief. Vielleicht ein Dingo? „Oh, tut mir leid!", rief eine Frauenstimme aus dem Fellkostüm.

Josh war sofort da und steinigte den Dingo mit Blicken, der daraufhin sofort die Flucht ergriff. Während Hailey das Kostüm anstarrte, wandte sich die Hochzeitsplanerin in ihr schnell der Logistik zu. Heute waren es nur milde zwanzig Grad, doch am Sonntag sollte sich das Thermometer auf die Dreißig zubewegen, dann würden diese Fellliebhaber in ihren Kostümen vor sich hin braten. Ha!

Gebratene Furries. Vielleicht sollte sie die auf das Menü für den Empfang setzen lassen.

Josh legte einen Arm um ihre Schultern und führte sie in Phillips Richtung. „Ich kläre das", presste er heraus.

Sie blickte zu ihm auf und flüsterte: „Das ist mein Kompetenzbereich. Lass mich reden."

Er brummte, was keine Zustimmung bedeutete.

„In den Arsch treten funktioniert bei Bräuten nicht", erklärte sie ihm leise.

Wieder ein Brummen. Großartig. Jetzt musste sie ihn davon überzeugen, sich zurückzuhalten, damit sie ihren Job machen konnte. Sie war die Hochzeitsplanerin, und sie hatte schon jede Menge Probleme aus der Welt geschafft, emotionale Bräute beruhigt und für jede von ihnen die perfekte Hochzeit über die Bühne gebracht.

Phillip bedeutete ihnen, ihm einen langen Flur zu seiner Rechten hinunter zu folgen. Hailey hätte sich vielleicht an dem getäfelten Flur mit der aufwendigen Stuckdecke und den aufwendig gerahmten Bildern erfreuen können, wenn da nicht ein Haufen Dingos gewesen wäre, die Bier trinkend herumstanden und lachten wie die Hyänen. Unfassbar!

Sie marschierte den Flur hinunter. Das hier war mehr als nur ein Problemchen. Und Hailey war bereits über die emotionale Reaktion hinweg und kochte vor Wut. Wer zum Teufel war diese Hochzeitsplanerin, die so grenzenlos dumm war, zwei Hochzeiten am gleichen Tag zu buchen? Daten richtig zu notieren, war das Grundlegendste, was sie sich vorstellen konnte. Die Planungen für Haileys Hochzeit liefen seit einem Jahr. Okay, der Ort stand seit fast einem Jahr fest, doch trotzdem. Das Schloss war nicht einmal eine Eventlocation gewesen, bis sie sie gebucht hatte. Und was war mit diesen Furries? Warum konnten sie nicht in ihrem natürlichen Habitat heiraten? Ihr war nicht entgangen, dass alle Kreaturen in Australien heimisch waren – abgesehen von dem violetten Kaninchen.

Phillip betrat einen Raum am Ende des Flurs, und sie folgten ihm.

Eine zierliche Frau mit schulterlangem, braunem Haar stand über einen großen Mahagonischreibtisch gebeugt und machte der Frau dahinter die Hölle heiß. Es war ihre beste Freundin, Mad Shaw. Ihre toughe Haltung und ihre Stimme hätte sie überall erkannt. „Und so was nennt sich Hochzeitsplanerin! Sie sind nicht einmal würdig, der besten Hochzeitsplanerin der Welt, die rein *zufällig* meine beste Freundin und die Braut ist, die Füße zu küssen! Sie klären das, oder Sie werden nie wieder eine Hochzeit planen!"

Die junge Frau auf der anderen Seite des Schreibtischs mit langen roten Haaren und großen blauen Augen lehnte sich so weit, sie konnte, in ihrem Stuhl zurück. Seltsamerweise hätte die Frau als Haileys Schwester durchgehen können, wenn auch mit mehr Sommersprossen. Doch Hailey war ein Einzelkind.

Hailey eilte mit weit geöffneten Armen auf die wütende Frau zu. „Mad! Meine Trauzeugin, meine Retterin!" Mad war die Jüngste der Campbell-Geschwister und mit einem Haufen großer Brüder aufgewachsen. Josh war einer von ihnen. Bald würden sie in gewisser Weise auch Schwestern sein.

Mad wirbelte herum, die Wangen rot vor Empörung. Sie schüttelte den Kopf. „Ich bin heute Morgen angekommen und habe dieses Desaster vorgefunden. Du weißt, ich unterstütze dich, wo ich nur kann."

Josh schmunzelte. „Energisch wie immer."

„Komm her und umarme mich, Lady!", verlangte Hailey.

Mad ging zu ihr und umarmte sie, dann sah sie sie an.

„Ich bin mehr als angepisst. Deine Hochzeit hat Vorrang und damit basta."

Hailey nickte und ging mit ausgestreckter Hand zu der Frau am Schreibtisch. „Hi, ich bin Hailey Adams, auch Hochzeitsplanerin. Ich bin hier für meine Hochzeit."

Der Händedruck der Frau glich einem toten Fisch. „Ich bin Bonnie." Sie hatte einen leichten französischen Akzent. „Können Sie bitte Ihre Trauzeugin zurückpfeifen? Sie hat gedroht, mir die Augen rauszureißen."

Hailey winkte ab. „Machen Sie sich deswegen keine Sorgen." Als sie sich an den Schreibtisch setzte, spürte sie Joshs Blick auf sich. Die Tür des Raumes fiel zu. Sie warf einen Blick über ihre Schulter. Niemand war gegangen. Die Anspannung, die von ihren Unterstützern ausging, war greifbar in der Stille des Raumes. Sie wandte sich Bonnie wieder zu. „Wie es scheint, haben wir ein Termin-problem. Ich soll um vier Uhr in der Kapelle heiraten, gefolgt von einem Empfang im Ballsaal. Wann haben Sie diese Fell–" Sie biss sich auf die Zunge. „Die andere Hoch-zeit geplant?"

Bonnie faltete die Hände auf dem Schreibtisch. „Leider zur selben Zeit, gefolgt von einem Empfang im Ballsaal. In ihren Kostümen wird es heiß, darum haben sie ausdrück-lich um einen frühen Abendtermin gebeten. Die Verwechslung tut mir leid, aber sie sind extra aus Austra-lien hierher geflogen, haben die doppelte Gebühr im Voraus gezahlt, und ich habe den Fehler erst bemerkt, als sie gestern Abend angekommen sind. Sie müssen wissen, dass sie zu Hause nicht als ihr felliges Selbst akzeptiert werden, und für sie war es wichtig, als die Wesen zu heiraten, als die sie sich identifizieren." Sie senkte verschwörerisch die Stimme. „Die Braut ist schwanger.

Sehr schwanger. Ich glaube, darum hat sie sich für ein Kängurukostüm entschieden."

Hailey straffte ihre Haltung als sie Joshs Hand auf ihrer Schulter spürte. Sie blickte zu ihm auf und kommunizierte ohne Worte, dass sie *nicht* die Schwangerschaftskarte spielen würden. Sie wandte sich wieder Bonnie zu. „Wie dem auch sei, meine Hochzeit *muss* zur vereinbarten Zeit stattfinden. Ich habe dafür gesorgt, dass sowohl Redakteure von *Luxury Weddings* als auch *Bride Special* hier sind. Sie berichten über Villroy als Reiseziel für Traumhochzeiten und meine Hochzeit als die erste an der neuen Location. Sie sind nicht für eine Känguru-Braut hierhergekommen. Sie sind gekommen, um über die Hochzeitsplanerin zu berichten, die Prinzessin Silvias Hochzeit in Amerika geplant hat. Jetzt verstehen Sie sicher, dass es Villroys Tourismusinitiative und *Ihrem* Angestelltenverhältnis überaus zuträglich wäre, die andere Hochzeit zu verlegen?"

„Ja!", mischte sich Mad ein. „Sie werden gefeuert! Sag's ihr, Phillip!"

Phillip blieb unbehaglich neben dem Schreibtisch stehen. „Ich bin sicher, wir finden eine Lösung. Es war ein echtes Versehen, und Bonnie war die beste Bewerberin für den Job."

„Wie viele Bewerbungen hattet ihr?", fragte Josh trocken.

Phillip sträubte sich. „Glaub mir, sie war die einzige, die auch nur ansatzweise qualifiziert war. Sie hat den Terminplan für die Fischereiflotte am Hafen gemanagt."

„Aber sie ist scheiße, was Terminplanung angeht!", blaffte Mark.

Phillip wandte sich Hailey zu. „Sie hat bereits drei

weitere Hochzeiten in den kommenden Wochen geplant, und nach den Berichten in den Brautmagazinen rechnen wir mit mehr."

„Wenn die Magazine von ihrem gigantischen Fehler Wind bekommen, würde der Bericht darüber jeden Interessenten abschrecken", zischte Hailey durch die Zähne.

Bonnie meldete sich zu Wort. „Es tut mir so leid. Lassen Sie uns eine Lösung finden. Vielleicht können wir Ihre Hochzeit später am selben Tag feiern?"

Hailey schloss die Augen und rang um Beherrschung, während sie versuchte, alles durchzudenken. Sie konnte nicht einmal verlangen, ihre Hochzeit auf morgen vorzuverlegen, da ihre Mutter und Joshs Vater erst morgen Nachmittag ankommen würden. Sie konnte nicht riskieren, dass sie sie verpassen würden, falls ihr Flug Verspätung hatte. Darum war die Frage, ob sie es riskieren wollte, am Samstag vor der Kostümhochzeit zu heiraten und womöglich aus dem Ballsaal geworfen zu werden, weil die Fellspinner an der Reihe waren, oder ob sie später heiraten und den Ballsaal so lange nutzen sollten, wie sie wollten. Josh und sie würden am Sonntag auf ihre Hochzeitsreise aufbrechen. „Ich nehme die spätere Zeit."

„Nein!", protestierte Mad. „Gib nicht nach. Es ist ihre Schuld. Sie muss dafür sorgen, dass alles so läuft, wie geplant. Du bekommst, was vereinbart war, und das war's."

Josh beugte sich zu ihr hinunter. „Bist du wirklich damit einverstanden oder nur höflich? Sag mir, was du willst."

Was er wirklich damit meinte war, *sag's nur und ich mache ihr die Hölle heiß.* Doch sie musste darüber nachdenken, was am besten für ihre Hochzeit und die Location war. Sie war hier, um Villroy und ihren Freunden zu helfen. Dazu kam, dass die Berichterstattung fantastisch für ihre Zukunft in der Hochzeitsplanungsbranche war.

Sie lächelte zu Josh auf. „Ich bin einverstanden." Sie wandte sich Bonnie zu. „Meine Hochzeit findet um sieben Uhr in der Kapelle statt. Der Empfang eine Stunde später im Ballsaal so lange wir wollen. Ich möchte extra Kerzen in der Kapelle und zusätzliches Licht im Ballsaal, um für die beste Fotoqualität zu sorgen. Lassen Sie die andere Hochzeitsgesellschaft wissen, dass ihr Empfang pünktlich um sieben Uhr endet, damit Sie eine Stunde Zeit haben, sauberzumachen und alles für meine Hochzeit vorzubereiten. Ich werde persönlich die Umsetzung der Änderungen überwachen." Sie setzte ein Lächeln auf. „Da Sie neu in der Branche sind, bin ich mir sicher, dass ich Ihnen eine Menge beibringen kann, was dazu beitragen wird, dass künftige Hochzeiten in Villroy ohne Probleme ablaufen."

„Natürlich", murmelte Bonnie und senkte den Blick auf ihren Schreibtisch.

Phillip klatschte in die Hände. „Ausgezeichnet. Ich wusste, dass wir das geregelt bekommen könnten. Danke für dein Verständnis, Hailey." Er lächelte. „Und jetzt lasse ich euch in euer Zimmer bringen. Die Reporterin von *Luxury Weddings* ist im Audienzzimmer im Westflügel. Keine Eile, sie ist versorgt. Ich glaube, sie und die Fotografin sind ganz glücklich, sich mit deiner Schwägerin Claire zu unterhalten. Ich gehe hin, wenn wir hier fertig sind. Kommt einfach dazu, wenn ihr soweit seid."

Hailey lächelte. „Klingt gut, danke, Phillip. Ich würde mich gerne ein bisschen frisch machen." Sie stand auf, ein wenig erleichtert. Ihre Hochzeit war wieder auf Kurs, und Claire und Jake waren auch hier. Das bedeutete, sie hatten ihr Kleid, ihre Fellbabys und ihren süßen Neffen dabei, der sie immer zum Lächeln brachte. Es sah aus, als ginge es bergauf.

Sie ging gerade mit Josh zur Tür, als Bonnie ihr hinterher rief. „Oh, noch was. Ihre Blumen sind nicht gekommen. Die Tulpen, meine ich? Ich habe den ganzen Tag darauf gewartet und fürchte mich fast, es zu erwähnen."

Hailey wirbelte herum. „Sie *fürchten* sich, es zu erwähnen? Sie haben der Braut nichts vorzuenthalten! Wie kann es sein, dass die Blumen noch nicht geliefert worden sind? Sie sind vor Monaten bestellt worden! Sie hätten sofort nachhaken sollen, als sie heute Morgen nicht gekommen sind!" Ihre Stimme brach. Das war zu viel.

Josh nahm ihre Hand und drückte sie sanft, in seinen Augen die wortlose Botschaft: *Ich mach das schon.*

Sie nickte, die Lippen aufeinandergepresst. Ihr Mann würde sich darum kümmern. Als schwangere Braut hatte sie Grenzen. Das Baby würde die Stresshormone spüren, und sie musste alles tun, was sie konnte, um sie wissen zu lassen, dass sie in eine liebende, stabile Familie hineingeboren werden würde – ja, insgeheim hoffte Hailey auf ein Mädchen.

Josh gab Mad mit einem Nicken zu verstehen, sich um Hailey zu kümmern. Sobald sie bei ihr war, machte Josh kehrt und ging zurück zum Schreibtisch, um Bonnie wissen zu lassen, wie es ablaufen würde.

Das Letzte, was sie hörte, als sie den Raum verließ, waren Joshs Worte: „Ich warte."

Hailey machte sich in ihrem Zimmer im dritten Stock heimisch. Es war eine schöne Suite mit zwei Schlafzimmern und einem Wohnbereich voller exquisiter Walnussholzantiquitäten mit goldenen Beschlägen. Auf Hochglanz polierte Parkettböden, ein überdimensionierter Natursteinkamin und große Fenster, eingerahmt von tiefblauen Samtvorhängen mit Blick aufs Meer trugen zum eleganten Gesamteindruck bei. Das Bett in dem Schlafzimmer, für das sie sich entschieden hatte, war ein echtes Himmelbett mit Vorhängen, die das Bett ganz einhüllen konnten. So gemütlich und privat. Sie konnte sich gut vorstellen, hier ihre Hochzeitsnacht zu verbringen.

Ihr Gepäck war bereits da. Sie grub in dem großen Rollkoffer nach ihrer Kosmetiktasche, als es anklopfte. „Herein!", rief sie.

Eine junge Frau, deren dunkle Haare zu einem strengen Knoten gebunden waren, betrat mit einem Krug Eiswasser den Raum. „Guten Tag, Ma'am." Sie machte einen Knicks. „Ich bin Anna und werde Ihnen bei Ihrem Besuch helfen. Ich habe Ihnen frisches Wasser mitgebracht." Sie ging schnell zu einem runden Tisch am Fenster, goss Hailey ein Glas ein und stellte den Krug auf einen Untersetzer.

„Hallo. Danke."

Anna drehte sich um und nickte. „Möchten Sie vielleicht einen Obstsalat oder etwas Herzhafteres?"

„Obstsalat wäre wunderbar. Und könnte ich bitte eine Scheibe Toast dazu bekommen?"

„Natürlich." Sie ging und verschwand genauso schnell, wie sie gekommen war.

Hailey lächelte vor sich hin und ging zum En-suite-Badezimmer. Wow. Eine riesige Badewanne mit Platz für zwei und eine Dusche mit Glaswänden mit verschiedenen Jetdüsen zogen sie magisch an, doch sie wollte die Reporterin von *Luxury Weddings* nicht zu lange warten lassen. Mit der Reporterin von *Bride Special* würde sie heute zu Abend essen.

Sie stellte ihre Tasche auf die Marmorablage und putzte sich die Zähne. Sie würgte ein bisschen, denn plötzlich reagierte sie auf fast alles sensibel – Zahnpasta eingeschlossen, und spülte sich schnell den Mund aus. Sie legte eine Hand auf ihren Bauch. „Baby, ich hoffe, diese Morgenübelkeit verschwindet bald wieder. Ich muss dafür sorgen, dass du alles bekommst, was du brauchst." Der Arzt hatte gesagt, dass alles in Ordnung war und das Baby am 22. Januar zur Welt kommen würde. Josh und Jake waren auch im Januar zur Welt gekommen. Ihr Baby und Jakes Sohn Owen würden ein knappes Jahr auseinander sein, was perfekt war für künftige Verabredungen zum Spielen.

Sie frischte ihr Make-up auf, und da sie müde war, legte sie sich aufs Bett, einen Haufen Kissen unter ihrem Kopf, während sie darauf wartete, dass Anna zurückkam. Sie musste eingeschlafen sein, denn plötzlich hörte sie, wie die Tür zufiel. Der Obstsalat und ihr Toast standen auf dem Tisch, doch Anna war schon wieder verschwunden.

„Danke!", rief sie ihr hinterher.

Anna öffnete die Tür und kam zurück. „Ich wollte Sie nicht wecken. Kann ich Ihnen noch irgendetwas bringen, Ma'am?"

„Nein danke, und bitte nennen Sie mich Hailey."

Anna nickte und ging.

Es war seltsam, so umsorgt zu werden. Hailey hatte in jungen Jahren angefangen, für sich selbst zu sorgen.

Sie setzte sich an den Tisch und aß langsam ihren Toast, während sie die spektakuläre Aussicht aufs Meer auf sich wirken ließ. Ja, an Land, mit festem Boden unter ihren Füßen, gefiel ihr das Meer viel besser. Als sie ihren Toast aufgegessen und ihr zweites Glas Wasser getrunken hatte, fühlte sie sich viel besser.

Die Tür schwang auf, und Josh kam herein. Er schloss die Tür wieder und sah sich kurz um, bevor er mit grimmiger Miene direkt auf sie zukam.

„Wie ist es mit den Blumen gelaufen?", fragte sie.

Er setzte sich zu ihr an den Tisch. „Ich glaube nicht, dass sie diesen Job lange machen wird."

Sie richtete sich alarmiert auf. „Was ist passiert?"

Er hob eine Hand. „Ich hab sie zum Heulen gebracht. Das mache ich sonst nie, außer, wenn ich mit einer Frau Schluss mache, aber das zählt nicht. Ich habe dich nie zum Weinen gebracht, oder?"

Während ihrer langen, holprigen Beziehung als Lieblingsfeinde war sie meistens wütend auf ihn gewesen, manchmal empört, aber immer gut unterhalten. Sie hatte nur einmal geweint, doch das war nicht direkt seinetwegen gewesen. „Nein, aber ich bin ja schließlich auch eine Kriegerin." Sie lächelte verschmitzt.

Er beugte sich vor, legte die Hand in ihren Nacken und küsste sie. „Das bist du." Er lehnte sich zurück. „Sie scheint eine ziemliche Knalltüte zu sein. Ich habe jahrelang die Kellnerinnen im Garner's gemanagt. Nicht eine Träne. Mad habe ich definitiv zusammengestaucht–"

„Josh." Es war ihm offensichtlich unangenehm, doch sie musste wissen, was los war. „Was hast du zu Bonnie gesagt?"

„Ich habe ihr gesagt, dass ich warten würde, während

sie mit dem Floristen telefoniert und er unsere Bestellung entweder morgen mit der ersten Fähre hierher schickt – was meiner Meinung nach vollkommen vernünftig wäre, oder sie soll unser Geld zurückverlangen und einen anderen Floristen finden."

„Und?"

Er nahm eine Erdbeere vom Obstsalat auf dem Tisch. „Der ursprüngliche Florist sagte, dass er es bis morgen nicht schaffen würde und dass sie es vielleicht am Samstag schicken könnten, wenn ihr Lieferant da wäre. Meine Antwort darauf war *inakzeptabel*, und Bonnie ist in Tränen ausgebrochen." Er aß die Erdbeere und warf ihr einen *ist das zu fassen*-Blick zu.

Sie lächelte mitfühlend. Tränen waren etwas, das er nur schwer ertragen konnte. Er räumte Probleme am liebsten ganz schnell aus dem Weg, denn tief im Inneren war er zu sensibel, um zuzusehen, wenn sich jemand in Tränen auflöste. „Und was hast du dann gemacht?"

Er nahm sich noch eine Erdbeere. „Ich habe ihr ein Taschentuch gegeben und gesagt, dass ich warten würde."

Hailey unterdrückte ein Lächeln. Sie konnte sich die Szene gut vorstellen. Er hatte Mitleid, gab aber nicht nach. „Hat sie aufgehört zu weinen?"

„Nein, sie hat nur noch mehr geschluchzt und irgendwas auf Französisch und auf Englisch geblubbert, darum habe ich einfach gewartet. Dann hat sie endlich einen anderen Floristen angerufen, und die Blumen kommen morgen früh mit der ersten Fähre."

Hailey strahlte. „Und hat sie vom ersten Floristen unser Geld zurückbekommen?"

Er zuckte mit den Schultern. „Keine Ahnung. Das ist

ihr Problem. Wenn nicht, dann kommt es aus ihrem Budget, nicht aus unserem."

Sie stand auf, ging zu ihm und schlang die Arme um ihn. Er schob seinen Stuhl zurück und zog sie auf seinen Schoß. „Du Fels!", lachte sie strahlend.

Er schmunzelte. „Ich weiß." Er küsste sie und legte eine Hand auf ihren Bauch. „Wie fühlst du dich?"

„Viel besser. Ich habe eine ganze Scheibe Toast gegessen, ohne mich übergeben zu müssen, und getrunken habe ich auch genug."

„Gut. Du brauchst einen starken Magen, wenn du siehst, was unten abgeht. Überall diese Furries. Ich schwöre dir, es werden immer mehr. Kannst du dir vorstellen, dass sogar ihr Friedensrichter als Wallaby verkleidet ist?"

Sie lachte. Doch sie hatte die Wahl – entweder nahm sie es mit Humor, oder sie würde in Tränen aufgelöst zu einem Häuflein Elend zerfließen, und dazu war sie zu sehr Kriegerin.

Er küsste sie auf die Wange. „Wir sollten ins *Audienzzimmer* gehen", sagte er gedehnt. „Jake hat mir geschrieben, dass er es nicht mehr aushält. Sie haben die Reporterin jetzt schon eine ganze Weile unterhalten."

„Dann los." Sie stand auf. „Bist du sicher, dass Bonnie Tulpen bestellt hat?"

„Hat sie gesagt, doch sie hat auf Französisch bestellt, darum weiß ich es nicht sicher."

„Na, dann werden wir es wohl morgen rausfinden." Sie hatte ein ganz schlechtes Gefühl wegen dieser Sache. Es blieb nicht genug Zeit, in letzter Minute Ersatz zu finden, falls Bonnie noch einmal Mist gebaut hatte, und Josh hatte getan, was er tun konnte. Sie gingen hinunter zum Audienzzimmer und kamen auf dem Weg dorthin an mehreren Dingos und Musikern in schwarzen Smokings mit Didgeridoos vorbei. Sie vermied jeglichen Blickkontakt, da sie für die Reporterin cool bleiben musste. Aber im Ernst – das war haarsträubend!

4

„Hallo!", rief Hailey, als sie das opulente Audienzzimmer betrat. Zimmer war definitiv eine Untertreibung, denn der riesige Raum war darauf ausgelegt, seine Besucher zu beeindrucken mit einem antiken, handgeschnitzten Doppelthron am einen Ende. Ein goldener Kronleuchter mit jeder Menge glitzernder Kristalle warf zahllose winzige Regenbogen auf das auf Hochglanz polierte Parkett mit den aufwendigen Einlegearbeiten. Beinahe alles war mit Gold verziert – die Bilderrahmen um die Gemälde königlicher Vorfahren, der Wandstuck und das gigantische Deckenfresko. Lange, dunkelblaue Samtsofas und hochlehnige Holzstühle mit Damastsitzpolstern waren zu zwei Sitzbereichen arrangiert und gaben dem Raum Wärme.

Ein ganzer Chor von Hallos schlug ihr entgegen – von der Reporterin, der Fotografin, Claire, Jake und Prinz Phillip, doch sie wurden schnell von ihren geliebten Fellbabys, die sich die Seele aus dem Leib kläfften, übertönt. Sie bückte sich und zog sie an sich. „Rose! Max! Wie geht's meinen Babys?" Ihre Schwänzchen wedelten wie verrückt, während sie ihr das Gesicht leckten, genauso glücklich über das Wiedersehen wie sie. Josh ging neben ihr in die Hocke um Max' Kopf zu kraulen, und wurde wie Hailey überschwänglich von beiden Hunden begrüßt.

Er hob sie hoch und ging hinüber zu den anderen. Phillip stand auf und wartete, bis Hailey zum Sofa kam. Josh blieb neben ihr stehen und ließ die Hunde wieder laufen.

Evelyn, die Reporterin, war in ihren Dreißigern, ihre blonden Haare trug sie elegant hochgesteckt, dazu dezentes Make-up, das ihre braunen Augen betonte. Ihr Kleid war von Armani mit einem Muster in satten Farben. Hailey erkannte die asymmetrische Silhouette sofort.

Evelyn streckte ihr die Hand entgegen und begrüßte sie mit präzisem britischen Akzent: „Hailey, freut mich so, Sie nach all unseren E-Mails endlich persönlich kennenzulernen."

Hailey schüttelte ihre Hand. „Freut mich auch, Sie kennenzulernen, Evelyn. Und das ist der Bräutigam, Josh."

Josh schüttelte ihre Hand. „Freut mich."

Evelyn deutete auf die junge Frau, die vom Sofa gegenüber aufgestanden war. Ihre braunen Haare waren ebenfalls hochgesteckt, und sie trug einen weißen Hosenanzug. „Das ist Lucy, unsere Fotografin. Sie haben sie vielleicht vorhin schon bei Ihrer Ankunft gesehen."

Hailey und Josh begrüßten sie herzlich. Hailey lächelte Claire und Jake an, die auf sie zukamen, und umarmte beide zur gleichen Zeit. „Ich freue mich so, euch zu sehen", flüsterte sie. Baby Owen, der auf Jakes Arm saß, grabschte nach ihren Haaren, und sie musste seine kleinen

Fingerchen sanft entwirren. „Und dich auch, Owen." Sie hielt mit beiden Händen ihre Haare zurück und drückte dem Kleinen einen lauten Schmatz auf die Wange. Sein Strahlen brachte Hailey zum Lächeln.

Dann begrüßte sie Phillip noch einmal und kehrte zum Sofa zurück, während Josh noch mit Händeschütteln und Wangenküssen beschäftigt war.

„Wollen wir anfangen?", fragte Evelyn und legte einen kleinen Rekorder auf den Beistelltisch neben ihr.

Claire stand auf. „Macht das. Wir lassen euch erst einmal in Ruhe. Owens Mittagsschlaf ist mehr als überfällig. War schön, Sie alle kennenzulernen." Sie ging um den Sitzbereich herum, blieb noch einmal hinter Hailey stehen und beugte sich zu ihr hinunter. „Es gibt ein kleines Problem mit den Ringen, aber das dürfte sich Morgen erledigt haben. Behaltet nur die Hunde im Auge", flüsterte sie.

Hailey riss die Augen auf. *Was?*

Claire starrte mit grimmiger Miene die Hunde an. „Lies deine SMS", sagte sie, dann ging sie.

Jake folgte Claire mit Owen auf dem Arm. „War schön, Sie alle kennenzulernen."

Phillip stand ebenfalls auf. „Wenn ich mich auch entschuldigen dürfte? Ich muss mich wieder dem Tagesgeschäft zuwenden."

„Habe ich irgendwas Falsches gesagt, dass alle die Flucht ergreifen?", feixte Josh.

Alle lachten und verabschiedeten sich – außer Hailey. Sie holte ihr Handy aus der Tasche und schaltete es ein. Sie hatte es nach der Ankunft heute noch nicht wieder eingeschaltet. Als sie Claires Nachricht las, unterdrückte sie ein Keuchen.

Flipp jetzt bitte NICHT aus. Der Tierarzt sagt, die Hunde werden es überleben. Jake hat Owen die Ringschatulle halten lassen, als wir in unser Zimmer gekommen sind. Irgendwie hat er sie aufbekommen, die Ringe sind rausgefallen und Rose hat einen geschnappt, Max den anderen, und bis wir sie eingefangen hatten, hatten sie sie geschluckt. Darum solltet ihr ihre Häufchen checken und sie nicht außer Sicht lassen.

Haileys Magen drehte sich um, und ihr wurde übel. „Bitte entschuldigt mich." Sie schoss aus dem Raum und suchte panisch nach einer Toilette. Schließlich fand sie eine Tür, die nach draußen führte, und blieb schwer atmend vornübergebeugt, die Hände auf die Knie gestützt, stehen. Als sie das Gefühl hatte, sich doch nicht übergeben zu müssen, richtete sie sich auf und inhalierte die frische Meeresluft. Es war ein wunderschöner, sonniger Tag, ohne eine einzige Wolke am Himmel. Warum hatte sie dann das Gefühl, als hinge eine riesige Gewitterwolke über dieser Hochzeit? Als wäre sie verflucht. Erst das Kleid, dann die Morgenübelkeit, dann diese Fellspinner, dann die Blumen und jetzt noch die Ringe. Sie blickte gen Himmel. *Was konnte sonst noch schiefgehen?* Sie fürchtete, dass sie es bald herausfinden würde. Warum musste die eine Hochzeit, bei der alles schief ging, ausgerechnet ihre sein? In all ihren Jahren als Hochzeitsplanerin hatte sie noch nie so viele Katastrophen gehabt, geschweige denn bei einer einzigen Hochzeit.

Sie seufzte und ging wieder hinein.

Josh kam auf sie zu. „Da bist du ja. Bist du okay? Wenn du dich nicht gut fühlst, können wir das Interview später machen."

Sie straffte ihre Schultern. „Schon okay. Oh, und willst du das Neuste wissen? Claire sagt, die Hunde haben unsere Eheringe gefressen. Der Tierarzt meint, dass sie bis morgen am anderen Ende wieder rauskommen sollten."

Er starrte sie an. „Du machst Witze."

„Warum sollte ich so was erfinden?", zeterte sie. „Könnte diese Hochzeit noch verkorkster sein? Ich schwöre, sie ist verhext!"

Er zog sie in seine Arme. „So dramatisch", murmelte er. „Wenn du eine so große Hochzeit hast wie diese, dann muss es ein paar Probleme geben. So viele Details, die zusammenkommen müssen."

Sie löste sich von ihm. „Ich habe reichlich Hochzeiten geplant, einschließlich einer königlichen Hochzeit. Unter meiner Aufsicht passiert so was nicht."

„Okay."

„Was soll das denn heißen?"

Er zuckte mit den Schultern. „Sieht aus, als passiert es unter deiner Aufsicht, aber alles wird gut werden."

Sie gestikulierte wild. „Was, wenn nicht? Was, wenn es ein komplettes Desaster wird, für immer festgehalten auf den Seiten von *Luxury Weddings* und *Bride Special*? Dann sehe ich inkompetent und unprofessionell aus und ruiniere Villroy für alle Zeiten als Hochzeitslocation, stürze die Wirtschaft in den Ruin und zerstöre ein Königreich."

„Überhaupt kein Druck."

„Genau!"

„Das einzige, was zählt, ist, dass wir am Ende verheiratet sind", sagte er so ruhig, dass er sie nur wütender machte.

Sie warf die Hände in die Höhe. „Das ist nicht das einzige, was zählt!"

Er verschränkte die Arme. „Für mich schon."

„Josh! Begreifst du es nicht? Wie kannst du so ruhig bleiben, wenn alles vor die Hunde geht?"

„Alles okay da draußen?" Das war Evelyn. Scheiße. Wie viel hatte sie mitgehört? Sie konnte nichts benutzen, was sie ins Unreine gesprochen hatten, oder?

Sie warf Josh einen finsteren Blick zu, weil er sich so mit ihr in der Öffentlichkeit gestritten hatte.

Er schmunzelte, als wollte er sagen: *Das warst du, Sweetheart.* Sie kommunizierten dauernd ohne Worte, doch der Druck, das mit einer Reporterin als Zeugin zu tun, machte es noch viel intensiver. Hailey kochte innerlich.

Er strich ihr übers Haar, legte die Hand an ihre Wange und sah sie zärtlich an. Er schien sich nie an ihren Streitereien zu stören und hob nur ganz selten die Stimme. Er hatte ihr sogar erzählt, dass er ihren Kampfgeist ganz besonders mochte. Wie konnte sie lange wütend auf ihn bleiben, wenn er sie so offensichtlich liebte – mit all ihren Mängeln?

Sie lächelte ihn an, nahm seine Hand und wandte sich Evelyn zu. „Wir sind gerade auf dem Weg zurück. Ich habe eine Toilette gebraucht und mich dummerweise verlaufen."

Evelyn lächelte und kehrte ins Audienzzimmer zurück. Hailey und Josh folgten langsam. Er hob ihre Hand an seinen Mund und küsste ihre Fingerknöchel.

„Oh, Josh", seufzte sie.

„Alles wird gut."

Es fiel ihr schwer, das zu glauben. „Wenn du das sagst."

„Das wird es. Ich sorge schon dafür."

„Was, wenn wir verflucht sind?", flüsterte sie.

„Dann führe ich einen Exorzismus durch."

„Ich glaube nicht, dass das bei Flüchen funktioniert."

Er riss die Augen auf. „Magie?"

„Jetzt mach dich nicht lächerlich. Das ist ernst."

„Du weißt schon, dass Flüche nicht real sind, oder? Genau wie Glück. Das Leben passiert, und wir müssen es nehmen, wie es kommt."

„Ich kann nicht fassen, dass du nicht an so was glaubst. Wie nüchtern deine Welt doch ist."

„Wäre es dir lieber, wenn ich Angst vor einem Fluch hätte und kapitulieren würde?"

„Nein", gab sie zu.

„Hailey, glaub du weiter an dein Märchen, und ich mache es wahr."

Eine Welle der Zuneigung ließ sie stehenbleiben. Sie warf ihm die Arme um den Hals und küsste ihn. Er erwiderte den Kuss leidenschaftlich, und ihre Welt war wieder heil.

Als sie sich voneinander lösten, stand Lucy mit ihrer Kamera vor ihnen und lächelte sie an. „Evelyn hat mir gesagt, dass Sie auf dem Weg zurück sind, doch es hat so lange gedauert, darum bin ich rausgekommen. Ist ein tolles Foto geworden. Darf ich es benutzen?"

Josh zog die Kamera herum, um sich das Foto anzusehen. Der Kuss sah von außen betrachtet genauso leidenschaftlich aus, wie er sich angefühlt hatte. Vielleicht sogar noch leidenschaftlicher. So wie Josh sie auf dem Foto hielt, wäre es glatt Material für das Cover eines ihrer geliebten Liebesromane!

Josh sah Hailey fragend an.

„Sie können es benutzen", sagte sie zu Lucy. „Und wenn Sie mir die Datei schicken könnten? Ich würde es gerne rahmen."

Josh lächelte.

Sobald sie wieder im Raum angekommen waren, begann Evelyn mit dem Interview. „Alle wollen immer wissen, wie sich das glückliche Paar kennengelernt hat. Wie war es bei Ihnen beiden?"

Hailey sah Josh an, der jedoch die Lippen fest aufeinander gepresst hatte. Gott sei Dank ließ er sie ihre Version erzählen. Lieblingsfeinde, die jahrelang im Dauerzwist gelebt hatten, war nicht gerade das Image, das sie zur Schau stellen wollte. „Wir arbeiten so ziemlich gegenüber in Clover Park. Ich habe mein Hochzeitsplanungsbüro in Ludbury House, und Josh gehört die Happy End Bar. Mit der Zeit sind wir uns näher gekommen. Er hat an den Kochkursen teilgenommen, die abends in Ludbury House angeboten werden, und ich habe mich regelmäßig mit meinen Freundinnen in der Bar getroffen, darum haben wir uns zwei Jahre lang oft unterhalten. Dazu kommt, dass wir so viele gemeinsame Freunde haben, dass wir uns oft bei Partys und Feiern getroffen haben. Seine Schwester ist meine beste Freundin, sein Dad hat meine Mom geheiratet, und ein paar meiner Freundinnen sind mit seinen Brüdern verheiratet. Er hat eine große Familie."

„Ihr Dad hat ihre Mom geheiratet?", fragte Evelyn Josh überrascht.

„Jupp." Mehr sagte er nicht dazu. Er konnte sehr reserviert sein, besonders Leuten gegenüber, die er nicht kannte, und diesmal war Hailey überaus dankbar dafür.

„Das ist brillant!", rief Evelyn. „Dann sind Sie ja ihr Stiefbruder!"

Scheiße. Warum hatte sie erwähnt, dass ihre Eltern verheiratet waren? Andererseits hätte sie es spätestens morgen mitbekommen, wenn sie ankamen. Hailey ähnelte ihrer Mom und alle Campbelljungs kamen nach ihrem Vater. Es war unmöglich, es geheimzuhalten, besonders da ihre Eltern immer noch so widerlich miteinander turtelten.

Josh runzelte die Stirn. „So ist es nicht. Wir haben einander lange vor unseren Eltern gefunden."

Evelyn strahlte. „Ihre Liebe war ansteckend. Mr. und Mrs. Zweite Generation! Eine Neuauflage Ihrer Liebe. Nein, Neuauflage eines Happy End!" Sie wedelte mit der Hand durch die Luft. „An der Formulierung arbeite ich noch." Sie beugte sich vor. „Die beiden würde ich auch gerne interviewen."

Hailey rutschte unbehaglich herum, da ihr die Richtung, die sie eingeschlagen hatte, gar nicht gefiel. Nicht nur war die Sache, dass sie Stiefgeschwister waren, mehr als seltsam, nein, ihre Mutter besaß keinen Filter, und wenn sie einmal ins Erzählen kam, hörte sie gar nicht wieder auf. Sie erschauderte bei dem Gedanken, was aus ihrem Mund kommen könnte. Womöglich etwas darüber, was für ein Tier Joe im Bett war und dass der Apfel wahrscheinlich nicht weit vom Stamm fiel. „Sie sind noch nicht da. Ich weiß nicht, ob sie Zeit dafür haben werden, aber ich rede mit ihnen." *Sie werden definitiv keine Zeit haben.*

„Mir wäre es lieber, sie herauszuhalten", sagte Josh.

„Aber unsere Leser würden diese Geschichte lieben – zwei Generationen, die die Liebe gefunden haben. Haben Sie geholfen, Sie zusammenzubringen?", preschte Evelyn weiter vor und zwinkerte. „Ein kleines bisschen verkuppelt, vielleicht?"

„Ich würde sie lieber heraushalten", wiederholte Josh.

Hailey nickte. „Ich glaube, das ist am besten so. Sie legen großen Wert auf ihre Privatsphäre. Vielleicht würden Ihre Leser ja gerne über unser erstes Date hören?

Josh ist ein Gourmetkoch und hat bei sich zu Hause ein fantastisches Steak für mich zubereitet." Sie beugte sich vor, um nachzulegen. „Er hat sogar eins für meine kleine Rose gemacht." Als Rose ihren Namen hörte, sprang sie auf Haileys Schoß. Gleichzeitig kletterte Max auf Joshs Beine.

Unauffällig tastete sie Rose Bauch ab – vielleicht konnte sie den Ring ja spüren.

Evelyn nickte. „Okay, also keine Eltern." Sie wedelte mit dem Finger. „Auch wenn ich mir sicher bin, dass es da eine Geschichte gibt. Wir kommen darauf zurück."

„Das tun wir nicht. Das Thema ist abgeschlossen", sagte Josh mit einer Stimme, die keine Widerrede zuließ.

„Mmm", murmelte Evelyn unverbindlich. „Wie laufen die Hochzeitsvorbereitungen? Mir sind all die *wilden Tiere* im Palast nicht entgangen."

„Verdammte Fellspinner", brummte Josh.

„Oh, die sind kein Problem", zwitscherte Hailey und warf Josh einen *bitte überlass das mir*-Blick zu. Er erwiderte ihren Blick mit hochgezogenen Augenbrauen. *Was meinst du?*

Sie überlegte, wie sie über die andere Hochzeit reden sollte, ohne Bonnie den Wölfen zum Fraß vorzuwerfen. Phillip brauchte Bonnie. „Es hat eine Verwechslung gegeben, darum finden am Samstag zwei Hochzeiten statt. Bei der anderen Hochzeit gab es gewisse Umstände zu berücksichtigen, doch das ist alles geklärt. Meine Hochzeit findet um sieben Uhr in der Kapelle statt, gefolgt von einem Empfang im Ballsaal – wenn wir wollen, bis zum Morgengrauen, auch wenn ich zugeben muss, dass ich wahrscheinlich spätestens um Mitternacht im Bett liegen werde."

Josh drückte ihre Hand. „Es ist unsere Hochzeitsnacht."

Evelyn lächelte. „Dann ist also alles im grünen Bereich? Ich habe gehört, es gab ein paar Probleme."

Hailey versteifte sich. Hatte Evelyn sie im Flur zetern hören, oder redeten alle darüber? Im Palast gab es zahllose Dienstboten, die wahrscheinlich alles mitbekommen hatten. Gott. Das sollte die Hochzeit des Jahrhunderts werden, dokumentiert in Hochglanzqualität auf den Seiten von *Luxury Weddings*, und nicht eine Hochzeit aus der Hölle.

„Ich habe mich um das Blumenproblem gekümmert", sagte Josh. „Wir haben alles im Griff."

Hailey nickte und fügte so fröhlich sie konnte hinzu: „Die Blumenlieferung hat sich ein bisschen verzögert, kein Problem."

„Was ist mit dem Kleid?", fragte Evelyn. „Wenn möglich, würden wir gerne vorher Fotos von Ihnen machen."

„Es ist hier", sagte Josh.

Hailey lächelte angespannt. „Natürlich ist es hier. Und morgen zeige ich es Ihnen gerne."

Josh wandte sich ihr zu. „Naja, beinahe wäre es nicht hier gewesen. Ich habe mich aber um das Problem gekümmert."

Sie kniff die Augen zusammen, um ihm zu signalisieren, dass er aufhören sollte, von Problemen zu reden. Sie wandte sich Evelyn zu. „Das Kleid ist genau so, wie ich es mir erträumt habe. Es ist wunderschön, ein Unikat. Ich bin mir sicher, dass ihre Leserinnen begeistert sein werden. Ich bin es, und ich kenne mich mit Hochzeitskleidern aus."

„Dann geht also nicht alles vor die Hunde?", fragte Evelyn verschlagen.

Scheiße. Sie hatte Hailey vorhin gehört.

„Nein", sagte Josh.

„Überhaupt nicht", log Hailey. „Alles läuft wie am Schnürchen." Wenn man *wie am Schnürchen* mit *FUBAR*, Joshs prägnanter Militärlingo für *alles im Arsch* ersetzte, traf es das ganz gut.

Josh legte den Arm um ihre Schultern, zog sie an sich und küsste sie auf die Wange. „Wir könnten nicht glücklicher sein."

Sie entspannte sich und lächelte. „Ja."

Lucy meldete sich zu Wort. „Kann ich morgen Abend Ihre Junggesellenabschiede besuchen, um Fotos zu machen?"

„Natürlich", sagte Hailey.

„Nein", sagte Josh und zog einen Mundwinkel hoch. „Sorry, nur Männer erlaubt", sagte er, hörte sich aber nicht so an, als täte es ihm leid.

„Aber Sie können sich gerne dem weiblichen Teil der Hochzeitsgesellschaft anschließen", sagte Hailey. „Sie auch, Evelyn."

„Oh, das lasse ich mir nicht entgehen", sagte Evelyn.

Hailey schickte ein Stoßgebet gen Himmel, dass der Junggesellinnenabschied, den Mad geplant hatte, morgen ohne Probleme ablaufen würde.

Und das Dinner mit den Leuten von *Bride Special* heute Abend.

Und der Besuch beim König danach.

Und die Furries, die Blumen, die Ringe, ihr Kleid ... Ahhhh!

5

Hailey war unglaublich erleichtert, mit Josh, ihrer Familie
und ihren Freunden und derselben *Bride Special* Reporterin und dem Fotografen, mit denen sie schon zuvor für
den Bericht über die Hochzeit von Carrie und Zach
zusammengearbeitet hatte, zu Abend zu essen. Ja, Carrie
und Zachs Hochzeit war fantastisch gewesen! Carrie hatte
ausgesehen wie eine Prinzessin und Zach war zu süß
gewesen als verliebter Bräutigam. Ludbury House war
überall mit wunderschönen Blumen in fröhlichen Farben
geschmückt gewesen; beim Empfang hatte eine Live Band
gespielt, und das Essen hatte Gourmetqualität gehabt.
Hailey hatte aufs Ganze gehen können, da das Magazin
einen Großteil der Kosten übernommen hatte.

Alle waren mit dem Essen fertig, unterhielten sich
jedoch weiter am langen Tisch im Speisezimmer und
tranken Kaffee oder Tee. Hailey saß an einem Ende des
Tischs, Josh zu ihrer Rechten neben ihr, und Judith, die
Reporterin von *Bride Special,* zu ihrer Linken. Prinz Phillip

hatte sich ebenfalls zu ihnen gesellt und saß am Kopf des Tischs.

Hailey trank Wasser, auch wenn ihr Magen sich endlich wieder von der versöhnlichen Seite zeigte. Sie beobachtete ihre Freundinnen, die wie Schwestern für sie waren. Sie waren jetzt alle verheiratet, und sie war sehr zufrieden damit, dass sie ihnen mit zahllosen subtilen Interventionen zu ihrem jeweiligen Happy End verholfen hatte. Die Kinder saßen an einem separaten kleinen Tisch. Alex und Laurens Tochter, die vierjährige Viv, war damit beschäftigt, den achtzehn Monate alten TJ herumzukommandieren. TJ war der Sohn von Ty und Charlotte. Er bemerkte nicht einmal, dass seine Cousine versuchte, ihn herumzukommandieren, so sehr war er mit den Erbsen auf seinem Teller beschäftigt. Jake saß bei den Kindern, damit auch Baby Owen am Kindertisch sitzen konnte. Auch Owen war mit den Erbsen beschäftigt und drückte sie auf seinem Platzdeckchen platt.

Und bald würde es noch mehr Babys geben! Ihres natürlich, auch wenn davon noch niemand wusste. Missy war im sechsten Monat; sie und Ben erwarteten ein Mädchen. Lauren war im achten Monat; sie und Alex weigerten sich, das Geschlecht zu verraten. Und Carrie war im siebten Monat mit einem Jungen schwanger. Ja, Hailey befand sich in guter Gesellschaft. Sie war überglücklich, dass ihr Baby in einer so wunderbaren Großfamilie aufwachsen würde. Mad und Parker waren zwischenzeitlich auch fast ein Jahr verheiratet und hatten vor, eine Familie zu gründen. Ally und Ethan hatten ebenfalls schon vor fast einem Jahr den Bund der Ehe geschlossen und Sabrina und Logan vor vier Monaten. In Zukunft würde es sicher bald noch mehr Babys geben.

Hailey stieß einen glücklichen Seufzer aus. Vielleicht würde sie bald einen Club für Mütter gründen.

Die Reporterin, Judith, eine Frau um die fünfzig mit dunklen Haaren, beugte sich zu Hailey vor. „Ich freue mich so, dass Sie uns eingeladen haben, Hailey."

„Aber gerne doch! Ich freue mich, dass Sie sich für uns Zeit genommen haben."

Judith lächelte. „Ich wusste von dem Moment, als ich Sie und Josh vor zwei Jahren interviewt habe, dass dieser Tag kommen würde. Die Liebe zwischen Ihnen beiden war spürbar."

Josh grinste und zwinkerte Hailey zu.

Sie lächelte angesichts dieser vollkommen falschen Annahme, denn damals waren Josh und sie wie Hund und Katze gewesen und hätten von einer Beziehung nicht weiter entfernt sein können. Er hatte anstelle seines Bruders den falschen Boyfriend gespielt und mit einem schiefen Grinsen im Gesicht ein paar nette Dinge über sie zu Judith gesagt. Damals war sie sich sicher gewesen, dass er sich über sie lustig gemacht hatte. Heute wusste sie, dass er jedes Wort auch so gemeint hatte. Selbst damals hatte er sie und ihre Arbeit respektiert.

„Wir haben bereits eine Überschrift", sagte Judith. „Die Königin der Märchenhochzeit bekommt ihr Happy End. Was halten Sie davon?"

„Oh, das ist wunderbar", freute Hailey sich. Das Profil, das das Magazin vor zwei Jahren gehabt hatte, war unter der Überschrift *Die Königin der Märchenhochzeiten* erschienen – ein direktes Zitat von Josh während des Interviews. Zum Dahinschmelzen!

Josh lächelte und zupfte an ihrem Haar. „Sie steht auf Happy Endings."

Sie presste die Lippen aufeinander und warf ihm einen warnenden Blick zu. *Keine sexuellen Anspielungen vor der Reporterin!*

Er grinste, schob die Hand in ihren Nacken und zog sie zu einem Kuss an sich.

„Nimmst du das nicht auf?", blaffte Judith den Fotografen an, der neben ihr saß.

Sofort stellte er seine Tasse Kaffee ab und nahm die Kamera in die Hand. „Könnten Sie das nochmal machen?"

Josh saß bereits wieder aufrecht auf seinem Stuhl. Er machte eine lockende Bewegung mit dem Finger in Haileys Richtung, da er wollte, dass sie diesmal den ersten Schritt machte. Gott, was für eine herrische Geste. Doch vor Rob, dem Fotografen von *Bride Special,* konnte sie ihm den Kuss nicht verweigern.

Sie beugte sich vor, legte die Hand an seine Wange, die für den Anlass glattrasiert war, und küsste ihn zärtlich.

Er drückte ihren Nacken und hielt sie fest. „Den habe ich kaum gespürt."

Sie sahen einander in die Augen. Sie würde im königlichen Speisezimmer vor der Fotografin eines Hochglanzmagazins *nicht* mit ihm rumknutschen.

„Ich schon."

„Das zählt nicht."

„Und ob das zählt."

Er grinste. „Muss ich aktiv werden?"

„Halt die Klappe."

„Zwing mich doch."

Sie wurde rot und küsste ihn kurz und entschlossen. Dann richtete sie sich wieder auf und gab sich größte Mühe, ihn nicht mit Blicken zu steinigen. Sie war die liebende Braut und er ihr liebender Mann. *Kriegertier!*, schrie sie ihn ohne Worte an.

Er lächelte sie an. „Ich liebe dieses Feuer."

Sie schmolz. Er meinte ihren feurigen Kampfgeist.

„Siehst du, was ich meine?", fragte Judith Rob. „Lass sehen. Du hast es, oder?"

Rob zeigte ihr den Bildschirm der Digitalkamera, und beide sahen zufrieden aus.

Judith senkte die Stimme. „Ich habe gehört, es hat eine Planänderung gegeben? Ihre Zeremonie ist von einer Känguruhochzeit nach hinten gedrängt worden?"

Hailey antwortete in ihrem professionellsten Ton. „Ich habe den Zeitplan geändert, nachdem es eine Verwechslung der Termine gegeben hat. Die neue Hochzeitsplanerin hier. Sie ist immer noch ziemlich grün hinter den Ohren, doch ich werde sie schon auf Trab bringen, wenn ich morgen mit ihr arbeite. Die andere Hochzeit wird lange vor meiner abgeschlossen sein, und alles wird nach Plan ablaufen. Ich freue mich schon, Ihnen morgen beim Fotoshooting mein Kleid zu zeigen."

„Diese Furries sind zum Schießen", bemerkte Rob. „Ich habe ein Hammerfoto von Braut und Bräutigam aufgenommen, auf dem sie sich Eischips füttern."

Hailey zog die Brauen hoch. „Sie werden doch nicht etwa auch über die berichten."

„Die sind unbezahlbar", grinste Rob.

Judith schüttelte den Kopf. „Wir berichten über Ihre Hochzeit. Diese Kostümfanatiker werden vielleicht eine Randnotiz, wenn überhaupt nur auf unserer Webseite. Keine Sorge! Genießen Sie einfach Ihren besonderen Tag."

Hailey nickte, doch ihr Magen rebellierte. Das Rampenlicht mit einer Kostümfetischhochzeit zu teilen, warf nicht gerade ein gutes Licht auf ihr Geschäft oder Villroy als Eventlocation. Was konnte sie tun? Sie konnte unmöglich verlangen, dass sie ausschließlich über sie berichteten, schließlich war das kostenlose Publicity.

Judith stellte noch ein paar weitere Fragen, vor allem über den Heiratsantrag, die Verlobungsparty und Haileys Hochzeitsplanungsbüro. Sie beantwortete alles so gut sie konnte, doch ihre Gedanken kreisten um die Känguru-braut, die Haileys traditionelle Hochzeit womöglich zu einer Farce machen würde. Sie musste ein paarmal abge-schweift sein, denn immer wieder sprang Josh ein, um Antworten zu geben.

Schließlich zogen sich alle für den Abend zurück. Josh und sie hatten noch einen Termin mit der Königin und dem König, die sie persönlich willkommen heißen woll-ten. Phillip verließ mit ihnen den Speiseraum. „Hier geht's zum privaten Salon."

Josh bot Hailey seinen Arm an, und sie nahm ihn, dankbar für seine Manieren bei einem so wichtigen Anlass. Sie hatte den König und die Königin kurz bei ihrem letzten Besuch anlässlich Prinzessin Silvias Hoch-zeit getroffen, dennoch war es eine Ehre, eine Privatau-dienz bei ihnen zu haben.

„Es gibt eine kleine Planänderung", sagte Phillip mit betretener Miene. „Meine Eltern lassen sich entschuldigen. Mein Vater hat gesundheitliche Probleme, und meine Mutter ist bei ihm. Gabriel wird euch an ihrer Stelle begrü-ßen." Kronprinz Gabriel, der Thronerbe, war noch schlimmer als Josh, ruppig und barsch.

„Oh, tut mir leid, das zu hören", sagte Hailey. „Ist dein Vater sehr krank?"

Phillips Miene war untypisch grimmig. „Ich sollte nicht darüber reden, aber ja."

„Oh nein, das tut mir leid", sagte Hailey.

„Mir auch", fügte Josh hinzu.

Phillip nickte. „Ja, danke."

Sie gingen betreten schweigend den Flur entlang, bis sie die Tür zum privaten Salon erreichten. Phillip legte eine Hand an den Türknauf und drehte sich zu ihnen um. „Ich sollte euch wahrscheinlich warnen, dass Gabriel fuchsteufelswild ist wegen dieser Furryhochzeit. Er sagt, es sei ein Schandfleck auf der königlichen Tradition des Schlosses. Du weißt ja, dass wir ihn gerade so von der generellen Idee von Villroy als Hochzeitslocation überzeugt haben."

Sie schluckte, dann führte er sie hinein.

Gabriel stand mit dem Rücken zur Tür. Er trug einen dunkelblauen Anzug und blickte aus dem Fenster aufs Meer hinaus.

Phillip ging voraus. „Gabriel, Josh und Hailey sind hier."

Gabriel drehte sich langsam um. Er hielt einen Cognacschwenker in der Hand. Er ähnelte Phillip sehr mit seinen dunkelbraunen Haaren, den scharf geschnittenen Wangenknochen und den schönen blaugrünen Augen, doch freundlich wirkte er nicht – sein Blick war kühl und seine vollen Lippen waren aufeinandergepresst. Seine Haltung war würdevoll, mächtig und stolz. Er war von frühster Kindheit auf den Thron vorbereitet worden, und das sah man ihm an. Er sagte nichts, sondern stand einfach nur da und wartete darauf, dass sie zu ihm kamen.

Josh ging gemächlich zu ihm hinüber – sie hätte sich

beeilt, doch sie hatte sich bei ihm untergehakt, darum blieb ihr nichts anderes übrig, als seinem Tempo zu folgen.

Sie blieben vor Gabriel stehen.

Er blickte auf sie hinab.

Phillip nickte ihr zu und deutete kaum merklich eine Verbeugung an.

Sie löste sich von Joshs Arm, senkte den Kopf und machte einen Knicks. „Königliche Hoheit, danke, dass Sie uns empfangen."

„Ja, danke für die Einladung", sagte Josh – ohne Verbeugung, ohne jede Unterwürfigkeit.

Sie versetzte ihm einen Ellbogenstoß, doch er ignorierte sie.

Als Gabriel Josh anstarrte, wirkte seine Miene noch härter, seine Gesichtsmuskeln angespannt.

Josh erwiderte seinen Blick ungerührt.

„Wer möchte ein Glas Cognac?", fragte Phillip betont gut gelaunt.

„Nicht für mich, danke", sagte Hailey leise, besorgt wegen des Wettstarrens. „Josh?"

Er wandte sich widerwillig von Gabriel ab. „Nein, danke."

Gabriel stieß einen angewiderten Laut aus und ging zu Phillip, um sich noch einen Cognac einzuschenken.

Sie flüsterte Josh gereizt zu: „Du musst ihn mit königliche Hoheit anreden. Zeig gefälligst ein bisschen Respekt."

„Er ist auch nur ein Mann", sagte Josh.

„Er ist *nicht* nur ein Mann. Er wird bald der König sein."

„Ein König ist auch nur ein Mann und zieht sich seine

Hosen auch nicht anders an als jeder andere."

„Zeig ein bisschen Respekt!", zischte sie leise.

„Hab ich doch."

Sie ließ Josh stehen, um die Wogen mit Gabriel zu glätten. Das Letzte, was sie brauchte, war, zwei Tage vor der Hochzeit aus dem Palast geworfen zu werden. Als sie zu Gabriel und Phillip trat, lieferten sie sich ein gedämpftes Wortgefecht.

„Hallo", sagte sie, um sie wissen zu lassen, dass sie da war.

Sie verstummten und drehten sich zu ihr um.

Sie lächelte Gabriel an. „Majestät, ich wollte Ihnen nur danken, dass Sie uns in Ihrem schönen Zuhause willkommen heißen. Es ist eine Ehre für uns. Ein wahrgewordener Traum für eine Braut, und ich hoffe, dass unsere Hochzeit Villroy dabei helfen kann, sich in der Hochzeitsbranche zu etablieren."

Gabriel verzog den Mund. „Unsere Branche ist die Fischerei."

„Wir waren uns einig, es zu versuchen. Sei nicht unhöflich", sagte Phillip leise zu seinem Bruder.

„Nenn du mich nicht unhöflich", blaffte Gabriel. „Ich schwöre bei Gott, wenn es nach mir ginge, würde ich diese dümmliche Hochzeitsplanerin und ihre Kostümparty im Meer versenken."

„Er meint nicht dich", versicherte Phillip ihr schnell.

Hailey hob die Hand und nickte.

Phillip blickte finster drein und wandte sich Gabriel zu. „Wir haben wichtige Hochzeitsmagazine hier. Wir machen so gut wir können weiter."

„Wenn das hilft, ich habe vor, Bonnie morgen zu begleiten", sagte Hailey. „Ich weiß, Sie kennen mich nicht sehr gut, Sir, aber ich führe schon seit sechs Jahren ein sehr erfolgreiches Hochzeitsplanungsbüro.“

Josh legte den Arm um ihre Schultern. „Sie ist die Beste. Eine Bessere gibt es nicht.“

„Wir hätten sie einstellen sollen“, sagte Gabriel zu Phillip.

„Das geht nicht“, antwortete Josh. „Wir haben beide unsere Geschäfte zu Hause. Ihr Platz ist an meiner Seite.“

Gabriel hob lediglich eine Augenbraue, während Josh sich an ihrer Seite aufplusterte.

Phillip meldete sich zu Wort. „Bonnies Typ hat mich an dich erinnert, Hailey. Und während des Vorstellungsgesprächs war sie so begeistert. Jetzt fürchte ich, dass der Druck zu groß ist und ein bisschen darunter leidet.“

Gabriel schnaubte und nippte an seinem Cognac.

„Ich helfe ihr“, sagte Hailey. „Ich habe jahrelang allein gearbeitet, und man muss wirklich viel im Auge behalten. Ich bin mir sicher, dass wir es schaffen können, dass wir beide Hochzeiten problemlos über die Bühne bringen werden.“

Phillip lächelte. „Hailey, ich wusste, dass es die richtige Entscheidung war, dich zu bitten, die erste Hochzeit hier zu feiern. Ein Hoch auf dich.“ Er nahm ein Glas, goss ein bisschen Cognac hinein und reichte es ihr.

Josh nahm es ihr aus der Hand, und Phillip goss ein weiteres Glas für sie ein.

„Genießen Sie Ihren Cognac“, brummte Gabriel, dann stellte er sein leeres Glas ab und ging.

Phillip reichte Hailey ihr Glas. „Nimm's nicht persönlich“, sagte er leise. „Er tut seine Pflicht, doch er ist nicht glücklich damit.“

Sie blickte Gabriel nach und sah die Anspannung in

jedem Schritt. Es musste schwer sein, ein Königreich auf seinen Schultern zu tragen, besonders mit einem kranken Vater. Sobald sich die Tür hinter ihm schloss, wandte sie sich Phillip zu. „Mach dir keine Sorgen. Ich bin glücklich, hier zu sein. Ich kann seinen Blickwinkel durchaus nachvollziehen. Ihr steht im Moment sicher alle unter großem Druck."

Phillip hob lächelnd das Glas. „Auf Hailey, Hochzeitsplanerin der Extraklasse, die beste, verständnisvollste Braut und unsere Rettung!"

Sie stießen miteinander an, und Phillip trank einen Schluck, während sie und Josh ihre Gläser hielten.

Phillip sah sie fragend an. „Ihr wollt nicht darauf trinken?"

„Haben wir", sagte Josh.

Phillip wandte sich ihr zu. „Habt ihr?"

Hailey nickte und lächelte. „Es war symbolisch."

Phillip lachte. „Darauf trinke ich auch."

Josh nahm ihr Glas und leerte es in seines, bevor er einen Schluck trank.

„Möchtest du etwas anderes trinken, Hailey?", fragte Phillip. „Ich kann jemanden etwas anderes für dich bringen lassen."

„Ein Glas Milch wäre schön", sagte sie, und Josh nickte beifällig.

„Okay." Phillip ging ans andere Ende des Raumes, nahm den Hörer ab und bestellte ein Glas Milch aus der Küche. Er straffte seine Haltung und sprach mit eindringlicher Stimme, bevor er sich wieder ihnen zuwandte.

„Was ist?", fragte sie.

Er ging langsam auf sie zu. „Der Caterer streikt."

Ihr Magen drehte sich, und sie schlug sich die Hand

vor den Mund.

„Dann soll die Palastküche einspringen", sagte Josh.

Phillip schüttelte den Kopf. „Unser Koch weigert sich, für so viele Leute zu kochen, nachdem er für einen außenstehenden Caterer übergangen worden ist. Er ist leider sehr launisch. Hailey, es tut mir so leid. Ich weiß nicht, was ich tun soll."

Josh fluchte. „Du solltest diesen nutzlosen Koch feuern."

„Seine Familie arbeitet schon seit Generationen für uns. Mir sind die Hände gebunden."

Josh rieb sich den Nacken. „Okay. Ich koche das Essen für unsere Hochzeit. Die Fellspinner können ihre Füllwatte fressen."

„Nein", sagte Hailey. „Josh, du bist der Bräutigam. Ich will nicht, dass du an unserem Hochzeitstag in einer heißen Küche arbeitest. Du solltest deinen Smoking anziehen, Zeit mit deinen Brüdern verbringen, und ich bin mir sicher, dass es jede Menge Fotos und Fragen von den Reportern an dich geben wird. Das ist unser besonderer Tag und–" Ihre Stimme brach „–wir werden ihn genießen, ganz egal, was passiert."

„Ich werde mich hier vor Ort umhören", sagte Phillip. „Vielleicht kann jemand in letzter Minute einspringen."

Hailey blickte an die Decke und blinzelte. *Keine Schwierigkeiten mehr! Bitte nicht.*

Josh wandte sich Phillip zu. „Wir sollten jetzt schlafen gehen. Es war ein langer Tag. Wir reden morgen." Er führte sie hinaus und redete in beruhigendem Ton auf sie ein, doch es war nicht laut genug, um die Stimme in ihrem Kopf auszublenden, die in Endlosschleife zeterte: *Diese Hochzeit ist verflucht!*

6

Es gab jede Menge Stolpersteine auf dem Weg zur Hochzeit. Es war spät am Freitagnachmittag, etwa vierundzwanzig Stunden bis zur Hochzeit, und so ungern Josh es auch zugab, doch seine schwangere Braut war ein Häuflein Elend, und von ihrer Hochzeit war auch nicht viel mehr übrig. Er gab sich zumindest zum Teil die Schuld daran, da er sie geschwängert hatte und die Hormone sie emotional machten. Jake hatte gesagt, dass Claire während ihrer Schwangerschaft schnippisch und ein bisschen aggressiv gewesen war. Hailey war das gerade Gegenteil. Im Augenblick lag sie in der Badewanne und heulte sich die Augen aus.

Er ging in ihrer Suite auf und ab wie ein Tiger im Käfig. Wenn sie schnippisch und aggressiv gewesen wäre, hätte er so viel leichter damit umgehen können. Er verstand ihre Tränen, und sie trieben ihn in den Wahnsinn, denn es war so viel schwerer, etwas dagegen zu tun, und ihr Schmerz war sein Schmerz. Er konnte es verstehen. Sie hatte so viel Arbeit in die Hochzeit investiert, und dann kam eine Katastrophe nach der anderen. Als sie heute Morgen zum Hafen gegangen waren, um sich zu versichern, dass die Blumen geliefert wurden, hatten sie nicht die erwarteten Tulpen vorgefunden, sondern bunt zusammengewürfeltes, bereits welkendes Gestrüpp. Es sah aus, als hätte der Blumenladen jeden Strauß geschickt, den sie nicht im Laden hatten verkaufen können.

Er machte kehrt und ging in die andere Richtung. Max und Rose lagen auf dem Bett, die Ohren in Richtung Badezimmertür gespitzt. „Ich weiß", sagte er. „Ich versuch's ja, aber ihr zwei seid keine sonderlich große Hilfe."

Auf dem Weg zurück vom Hafen hatten die Hunde endlich die Ringe wieder ausgeschieden. Und während Hailey glücklich war, dass die Ringe nicht operativ entfernt werden mussten, konnte sie nicht einmal den Gedanken verkraften, die Ringe zu benutzen. Eine Schande, denn er hatte sie gravieren lassen. In ihrem stand Kriegerprinzessin in seinem Kriegertier. So nannte sie ihn, wenn sie wütend auf ihn war. Darum war Mad mit ihrem Mann Parker mit der Fähre zurück nach Frankreich gefahren, um neue Ringe zu kaufen. Nicht graviert, doch egal. Hailey würde nie erfahren, was sie verpasste. Er war davon ausgegangen, dass das Problem gelöst war, doch Hailey hatte sich nicht erholt, wie er erhofft hatte.

Sie hatte versucht, ihre finstere Stimmung wegzuarbeiten, indem sie Bonnie überwachte und dafür sorgte, dass für morgen wenigstens alles Übrige funktionierte. Doch Bonnie wusste Haileys Einmischung nicht zu schätzen und zeigte es ihr auch. Das hielt Hailey jedoch nicht davon ab – und warum sollte es auch. Bisher hatte Bonnie nur Probleme verursacht. Hailey bestand darauf, zu helfen, während Bonnie selbst die einfachsten Aufgaben in den Sand setzte. Hailey hatte ihm in ihrer Suite davon erzählt – fassungslos angesichts der Inkompetenz dieser Person.

Er hatte sie unterstützt und allem zugestimmt, was sie über Bonnie gesagt hatte. Hailey hatte unermüdlich einen Willkommensempfang mit Einheimischen im Palastgarten durchgestanden. Die Fellspinner tauchten auch auf und bedienten sich an den Drinks und Snacks. Josh konnte sie nicht einmal rausschmeißen, da es ein öffentlicher Empfang war.

Danach hatte das Fotoshooting für Hailey in ihrem Hochzeitskleid stattgefunden. Niemand interessierte sich für seinen Smoking, und er war froh darüber. Es würde reichlich Bilder von ihnen nach der Hochzeit geben – für ihn war das wichtiger.

Sie war vom Shooting zurückgekehrt und ohne ein Wort ins Bad ihrer Suite marschiert, was ihm Sorgen machte, denn sie hatte immer etwas zu sagen. Dann hatte er sie schluchzen gehört.

Er öffnete die Tür und schob zum dritten Mal den Kopf hinein. „Bist du okay?"

„Lass mich. Ich suhle mich in Selbstmitleid."

Er schloss die Tür und ging hinüber zu der riesigen Badewanne, die auf einer kleinen Empore stand. Er setzte sich auf den Rand und testete das Wasser. Es war lauwarm. Da sie schwanger war, hatte sie es nur warm eingelassen und das dem Baby auch erklärt. Sie war eine Planernatur und hatte bereits Unmengen über Schwangerschaften gelesen. Dennoch musste er sie aus der Wanne bekommen, sonst würde sie sich noch verkühlen. „Du bist schon lange hier drin."

Sie schnippte Wasser in seine Richtung. „Mir ist nicht zum Reden zumute. Alles ist scheiße. Selbst die Ringe sind scheiße. Das ist einfach furchtbar. Ein Alptraum. Diese Hochzeit ist verflucht!" Wieder flossen die Tränen.

„Hailey."

„Geh weg."

Er zog seine Schuhe aus und stieg komplett bekleidet zu ihr in die Wanne, sodass das Wasser über den Rand schwappte.

Sie starrte ihn an. „Josh! Bist du verrückt geworden?"

Er grinste, schob sich hinter sie und schlang seine Arme um ihre Taille. „Du hast mir keine Wahl gelassen. Ich kann dich nicht den ganzen Tag in der Wanne lassen."

„So lange ist es auch wieder nicht." Sie lehnte ihren Kopf an seine Schulter und seufzte. „Weh uns."

Er grub seine Zähne in ihren Hals und hörte sie scharf Luft holen. „Du schmeckst noch besser, jetzt, da du schwanger bist." Er küsste ihren Hals empor, jetzt zärtlicher. Manchmal brauchte sie ein bisschen Schärfe, um sie aus ihren Gedanken zu reißen, manchmal Zärtlichkeit, um sie weicher zu machen.

Sie sah ihn über ihre Schulter an. „Willst du etwa versuchen, mich aus meiner Stimmung herauszuvögeln?"

Er hielt ihr Kinn fest und knabberte an ihrer Unterlippe. „Würde das funktionieren?"

„Nein."

Er antwortete an ihren Lippen. „Das werden wir ja sehen." Sie lächelte. *Ja.* Sie drehte sich in seinen Armen um und küsste ihn. Er grub seine Hände in ihre Haare und ergriff entschlossen von ihrem Mund Besitz. Er wollte sie schmelzen, damit sie ihre Sorgen vergaß. Sie grub ihre

Fingernägel in seine Schultern und presste sich rittlings auf ihn.

Sie riss ihren Mund los und zerrte an seinem nassen T-Shirt. Er half ihr, es ihm auszuziehen, und hängte es tropfnass über den Rand der Wanne. Sie beugte sich darüber und sah ihn wieder an. „Da ist eine riesige Pfütze."

„Später", murmelte er und küsste sie erneut.

Sie stöhnte leise und ließ ihre Finger seine nackte Brust hinunter zum Knopf seiner Jeans wandern. Es erschien ihr unmöglich, ihn aus der klatschnassen Jeans zu pellen.

Er unterbrach den Kuss, hielt sie am Nacken fest und flüsterte ihr ins Ohr: „Lass sie."

Sie kämpfte mit dem Knopf. „Nein. Ich will dich." Er hielt ihre Hand fest, und sie sah ihn frustriert an. „Ich kann kaum fassen, wie sehr ich dich will, seit ich schwanger bin. Man sollte meinen, die Biologie signalisiert einem, nicht mehr nötig, Mission erfolgreich."

Er lächelte. „Ich bin wohl unwiderstehlich. Aber nicht in der Wanne."

„Nein, ich will nicht warten."

Sie küsste ihn grob, und als er die Führung übernahm, entbrannte das Feuer zwischen ihnen. Fuck. Er konnte sie unmöglich sicher aus der Wanne tragen, nachdem beide klatschnass und der Boden eine einzige Pfütze war. Sie wollte es hier, dann würde er es ihr hier geben, aber auf seine Weise.

Er unterbrach den Kuss. „Dreh dich um. Du weißt, was ich mag." Er senkte die Stimme zu dem gutturalen Knurren, das immer ihre Aufmerksamkeit hatte. „Sag mir, was du tun musst."

Ihre Pupillen waren geweitet, ihre Lippen geöffnet. „Meine Beine spreizen und mich ergeben."

„Ja, Sweetheart." Er strich mit dem Daumen über ihre Unterlippe und nickte. „Dreh dich um."

Sie schnaubte. „Süße Worte machen meine Stimmung auch nicht besser."

Er wartete und unterdrückte ein Lächeln.

Sie drehte sich wie verlangt um und lehnte sich mit gespreizten Beinen an ihn. Er berührte sie nicht, bis sie ihre Arme hob und auf seine Schultern legte.

Sein Schwanz schwoll geradezu schmerzhaft in seiner Jeans. „So schön", knurrte er in ihr Ohr. Die Hände auf ihren Brüsten streichelte er ihre harten Nippel. Sie bog den Rücken durch und reckte ihre Brüste in die Höhe. Als er ihr in die Nippel zwickte, schrie sie auf, dann linderte er den Schmerz mit süßen Liebkosungen. Sie entspannte sich an ihn. Er rollte und zupfte an ihren Nippeln und saugte und knabberte an ihrem Hals, bis sie ihren Po an ihm rieb.

„Josh, bitte. Ich bin so angetörnt. Lass mich dich haben."

Eine Hand blieb auf ihrer Brust und spielte weiter mit ihrem Nippel, während die andere zwischen ihre Beine glitt. Sie holte scharf Luft, als er sie zu streicheln begann. Er würde sie nicht nehmen, sondern ihr nur Vergnügen bereiten. Sie musste sich entspannen.

Er ließ langsam die Finger kreisen, bis sie anfing, ihm ihre Hüfte entgegen zu pressen. Mit der anderen Hand öffnete er den Abfluss der Wanne.

„Josh!"

„Lass mich sehen, ob ich dich kommen lassen kann, bevor das Wasser leer ist."

Sie versuchte, sich umzudrehen, doch er hielt sie fest, eine Hand zwischen den Beinen, die andere um ihre Brust.

„Das war alles ein Trick, um mich aus der Wanne zu bekommen!"

Er übte mehr Druck aus und begann, ihre Klitoris zu massieren. „Vielleicht gefällt mir nur die Herausforderung. Jetzt lehn dich zurück und nimm es."

Sie seufzte zittrig und entspannte sich wieder gegen ihn. Er bereute ernsthaft, in Jeans in die Wanne gestiegen zu sein. Er hatte das Gefühl, die Nähte mit seiner Erektion sprengen zu können.

Er streichelte ihren Hals, und sie ließ den Kopf an seine Schulter sinken, die Arme jetzt vollkommen entspannt an ihren Seiten. Er ließ sich Zeit, ihre Erregung aufzubauen, und lauschte auf ihren Atem. Ihr Atem stockte immer, wenn sie dem Orgasmus nahe kam.

Das Wasser lief langsam ab.

Sie rollte mit den Hüften, und ihr Atem kam in kurzen Stößen. Schließlich stockte ihr Atem, und er zog die Hand zurück. Sie packte sein Handgelenk und stieß ihn zurück zwischen ihre Beine, doch so funktionierte das Spiel nicht. Er hatte die Kontrolle, und sie wusste es. Als sie seine Hand losließ und ihre Arme wieder sinken ließ, belohnte er sie mit mehr. Er brachte sie immer wieder nahe an den Rand des Orgasmus und zurück, immer wieder, bis sie fast wahnsinnig war.

Die Wanne war schon fast leer, als sie zu betteln anfing, geradezu benommen, einzig und allein auf seine Finger konzentriert. Sie wimmerte hilflos, reckte ihm die Hüfte entgegen und bog den Rücken durch. Er wollte sie so sehr, wollte tief in sie hineinstoßen, doch er riss sich zusammen. Ihre Lust, ihre Bedürfnisse, das war in diesem Moment alles, was zählte. Er lenkte sie weg vom Abgrund hin zur

Glückseligkeit, selbst wenn es ihn auch das letzte bisschen Willenskraft kostete.

„Josh", flüsterte sie. „Liebling."

Sie war nicht mehr weit entfernt. Das Wasser war weg.

„Willst du jetzt kommen?" Er massierte sie kurz fester, dann wieder sanft in langsamen Kreisen.

„Ja, bitte, bitte, bitte."

Er erhöhte den Druck, kreiste immer schneller, während er ihr mit den Fingern der anderen Hand in den Nippel zwickte. Im selben Moment kam sie mit einem kehligen Schrei und ritt seine Finger. Er blieb bei ihr, liebkoste sie langsamer und ließ sie jede Welle der Lust genießen, bis sie gegen ihn sackte.

„Danke", flüsterte sie.

Er zog an ihren Haaren und drehte sie zu einem Kuss um. „Gern geschehen. Die Wanne ist leer."

Als sie sich umdrehte und ihren Kopf an seine Brust schmiegte, zog er das Handtuch, das über dem Wasserhahn hing, herunter und deckte sie damit zu. Dann hielt er sie einfach fest, hellwach und erfüllt von dem Bedürfnis, sie zu beschützen und sein Versprechen, sie glücklich zu machen, einzulösen. Noch nie hatte er jemanden geliebt wie sie. So leidenschaftlich und mit jeder Faser seines Seins.

Er schloss die Arme um sie. „Ich liebe dich so sehr."

Keine Antwort.

Als er sie ansah, hatte sie die Augen geschlossen, die Wangen gerötet, die rosigen Lippen im Schlaf geöffnet. Zumindest hatte er ihr ein bisschen Frieden gegeben. Er küsste ihre Haare und hielt sie fest dort, wo sie hingehörte.

Hailey ging mit ihrer Mom und Mad zu ihrem Junggesellinnenabschied an den Hafen. Joshs Junggesellenabschied fand auf einem Dachgarten statt, zu dem nur der königliche Hof Zugang hatte. Phillip hatte die Location vorgeschlagen und wollte dabei sein. Sie seufzte zufrieden. Dank Josh hatte sie gut geschlafen, auch wenn der Arme viel zu lange in nassen Jeans in der Wanne hatte sitzen müssen. Sobald sie aufgewacht war, hatte sie sich um ihn gekümmert und war mit ihm ins Bett gegangen, um ein letztes Mal als verlobtes Paar Liebe zu machen. Sie war ein bisschen emotional geworden bei dem Gedanken, und Josh war unglaublich zärtlich mit ihr umgegangen, die dunklen Augen voller Liebe, seine Berührungen fast ehrfürchtig.

Sie wandte sich Mad zu, als sie am Hafen ankamen. „Was ist der Plan? Party am Hafen? Hast du ein paar königliche Stripper engagiert?"

Ihre Mom klatschte in die Hände. „Oh!" Ihre Mutter war einundfünfzig, hatte jedoch die Libido einer Mittzwanzigerin, auch wenn das etwas war, das Hailey lieber nicht gewusst hätte.

Mads braune Augen strahlten. „Besser! Ich habe uns ein Partyboot gebucht!"

Hailey drehte sich um, als ihr ihre Freundinnen vom Achterdeck eines kleinen weißen Boots, das ein Stück weit vom Anlegesteg entfernt auf dem Wasser tanzte, zujohlten. Über ihnen thronte die Flybridge, unter ihnen eine winzige Kabine, das war alles. Auf diesem Ding würde sie sich sicher die Lungen aus dem Leib kotzen. „Hättest du kein größeres Boot chartern können? Das schaukelt so."

Mad winkte ihren Freundinnen zu. „Da passen fünfzehn Leute drauf. Wir sind zehn *Schwestern*, deine Mom, der Captain, der Maat, die Reporterinnen und die Fotografin. Und natürlich Frank. Komm schon!" Frank war Claires Bodyguard, ihr permanenter Schatten, der nur selten sprach. In diesem Moment wurde Hailey bewusst, dass sie Rob, den Fotografen von *Bride Special,* hätten einladen sollen, denn Frank war ja auch da. Aber egal.

„Das sind siebzehn Leute", bemerkte Hailey.

Mad winkte ab. „Dann werfen wir eben ein paar Leute über Bord, wenn wir Platz brauchen. Ha-ha. Keine Sorge. Es wird kuschlig aber lustig."

Ihre Mom eilte voraus, winkte und rief den Frauen zu.

Hailey regte sich keinen Zentimeter. „Mad, ich kann nicht. Ich werde seekrank." Sie konnte ihr nicht sagen, dass ihr sowieso schon dauerübel war. Sie und Josh hatten entschieden, es bis nach der Hochzeit geheimzuhalten. Eine Überschrift wie *Schwangere Braut heiratet gerade noch rechtzeitig!* wollte sie vermeiden.

Mad stemmte die Hände in die Hüften. „*So* sehr schwankt es auch wieder nicht. Es liegt vor Anker. Komm, ich habe Sushi und Champagner besorgt, ein Fass Bier und den schicken französischen Wein, den du so magst."

Hailey starrte in Richtung Anlegesteg. All das war tabu für sie, jetzt, da sie schwanger war. „Vielleicht könnten wir die Party an Land verlegen? Da ist ein niedlicher Strand gleich um die Ecke." Natürlich würde bald die Sonne untergehen und der Strand stockdunkel sein, aber wen interessierte das schon?

Mad runzelte die Stirn und fuhr sich mit der Hand durchs Haar. „Hab ich Mist gebaut? Das ist mein erstes Mal, dass ich so was organisiere. Ich wollte nur, dass es perfekt ist. Liegt es am Sushi? Du kannst Fisch nicht mehr sehen, oder?" Sie schüttelte den Kopf. „Hätte ich mir denken sollen. Hier gibt's früh, mittags und abends Fisch."

„Nein, Mad, es ist toll. Wirklich. Ich bin mir sicher, dass es ganz fantastisch wird."

Mad zog die Brauen in die Höhe und sah sie besorgt an. „Bist du sicher?"

Sie umarmte sie. „Absolut. Es wird wunderbar."

Mad seufzte erleichtert auf. „Gut, dann lass uns gehen."

Hailey folgte ihr den Landungssteg hinunter, und der Maat half ihr an Bord eines Ruderbootes. Ihre Mom und Mad folgten ihr, und sie wurden zum Partyboot gerudert, wo der Captain ihnen an Bord half.

Hailey stand an Deck des schwankenden Bootes. „Hey, meine Lieben."

„Herzlichen Glückwunsch!", johlten ihre Freundinnen.

„Danke!"

Sie war entschlossen, das Beste aus der Situation zu machen. Schließlich waren Missy, Lauren und Carrie auch schwanger. Sie würde einfach essen, was sie aßen, und hoffen, dass sie sich nicht übergeben musste. Als kotzende Braut wollte sie nicht auf den vielen Bildern, die ihre Freundinnen aufnehmen würden, festgehalten werden. Ganz zu schweigen von der Fotografin von *Luxury Weddings*. Ihr Magen begann schon beim Gedanken daran zu rebellieren.

Sie stellte ihre Handtasche unter die lange Sitzbank unterhalb der Reling, wo auch ihre Freundinnen ihre Handtaschen verstaut hatten. Sie sah sich um. Eine glitzernde Lichterkette zierte die Flybridge über ihnen. Sie winkte und lächelte dem Captain und Frank zu. Der Captain salutierte zackig, während Frank kaum merklich nickte.

An einer Wäscheleine, die von der Flybridge zu einem Haken an der Reling gespannt war, hingen mehrere sexy Unterhöschen. Aus irgendeinem Grund standen in einer Ecke eine große, aufblasbare Banane in einem Halter, ein Klappstuhl, der mit Kreppbändern dekoriert war, und zwei Cocktailtische mit Essen. Unter den Tischen standen Kühlboxen. Eine sehr effiziente Nutzung des beengten Raumes. Der Planer in ihr war beeindruckt.

Sie wandte sich Mad zu. „Wow, ich bin …" Sie verstummte, als Mad ihre Bluse auszog und den Blick auf das T-Shirt darunter freigab. Dann zogen auch ihre übrigen Freundinnen und ihre Mom ihre Tops aus und standen in denselben T-Shirts da. Sie schlug sich die Hand vor den Mund. Ihre Augen brannten. Alle trugen weiße T-Shirts mit dem Aufdruck Happy End Buchclub mit einem roten Herzen in der Mitte, das Seiten hatte, wie ein aufge-schlagenes Buch. Es war der Buchclub gewesen, der sie alle zusammengebracht hatte.

„Mädels!", rief sie.

Mad gab ein Zeichen, und alle drehten sich um. Auf dem Rücken stand: *Finde dein Happy End!*

Sie quietschte. „Ich liebe es!" Sie eilte zu ihren Freun-dinnen. „Gruppenumarmung!" Alle umarmten einander, und sie spähte über ihre Schulter. „Du auch, Mom."

Ihre Mom zierte sich. „Ich gehöre nicht zu eurem Club."

„Du gehörst zur Familie", blaffte Mad. Haileys Mutter *hatte* schließlich Mads Vater geheiratet.

Ihre Mom trat zu ihnen, quetschte sich neben Hailey

und strahlte sie an. Einen Moment später sagte ihre Mom: „Lasst uns ein Foto machen."

„Moment!" Mad holte ein T-Shirt aus einer Tasche und drückte es Hailey in die Hand. „Zieh deins an."

Hailey zog es über ihr weißes Kleid.

Ihre Mom sprach mit Lucy, der Fotografin von *Luxury Weddings*, und winkte ihnen zu. Einen Moment später begann Lucy eine lustige Fotosession mit ihnen in den unterschiedlichsten Posen.

Als sie genug Fotos aufgenommen hatten, sagte Mad: „Es gibt auch passende Happy End Buchclub Tassen. Alle bekommen eine, natürlich gefüllt mit unartigen Partygeschenken."

Hailey lachte. „Oh, schön."

Ally meldete sich zu Wort. „Aber ich will jetzt endlich wissen, was wir mit diesem Bananenungetüm vorhaben." Ally war die Königin der unkonventionellen Hochzeiten und liebte alles, was seltsam oder ungewöhnlich war.

„Irgendwelche Vermutungen?", fragte Mad.

Die Frauen johlten ihre Antworten.

„Eine Blowjob-Lektion!"

„Bring die Banane ins Loch!"

„Bananen-Volleyball." Die letzte Idee kam von der süßen Lauren. Als sich alle zu ihr umdrehten, wurde sie rot. „Sie ist aufblasbar …"

Ally lachte. „O mein Gott, wäre eine Blowjob-Lektion nicht eine tolle Idee für unser Geschäft?"

„Nein!", protestierte Hailey lachend. Das wollte sie sich lieber nicht vorstellen.

„Die Banane ist zum Bananenringwerfen da", erklärte Mad. „Aber keine Sorge, falls jemand einen Penis vermisst, es gibt Peniskuchen zum Dessert!"

Alle lachten.

Mad deutete in Richtung der Tische. „Also, meine Damen, esst, trinkt, dann können wir spielen."

Hailey hielt sich sicherheitshalber an Wasser und Salzcracker. Sie war froh darüber, als der Wind auffrischte und das Boot so sehr schaukelte, dass sie das Essen in die Kühlbox packen mussten, weil es drohte, von den Tischen zu fallen. Sie versuchte, den Blick auf den Horizont gerichtet zu lassen, doch es war schwer, da ihre Freundinnen sie hin und her zerrten. Als sie mit dem Bananenringwerfen und dem Rate-wer-dir-das-Höschen-gekauft-hat (was nicht schwer war, denn sie kannte ihre Freundinnen gut) fertig waren und sich dem letzten Spiel zuwandten, betete Hailey um irgendeine Ausrede, um an Land zurückkehren zu können.

Als der Maat seine Runde an Deck machte und Drinks anbot, fragte sie: „Gibt es hier eine Toilette?"

„Ja, unter Deck. Aber Vorsicht, das Boot schaukelt unten mehr, darum sollten Sie sich gut festhalten."

Sie nickte und ging vorsichtig nach unten. O Gott, es stank fürchterlich. Sie übergab sich ins Waschbecken, spülte schnell ihren Mund und das Waschbecken aus und floh wieder nach oben. Sie schaffte es an Deck, wo Mad sie prompt zu einem Stuhl zerrte.

„Zeit für das nächste Spiel!", johlte Mad. Sie trat hinter Hailey und verband ihr die Augen.

„Was für ein Spiel ist das?", fragte sie matt. Mit verbundenen Augen spürte sie die Bewegungen des Bootes noch mehr.

„Wir alle haben dir ein cooles Accessoire oder ein Kleidungsstück gekauft", sagte Mad. „Du musst sie mit verbundenen Augen anziehen, während du auf dem Stuhl sitzt, und am Ende darfst du dich dann im Spiegel ansehen. Du wirst die Sachen lieben. Claire hatte ihre Hand im Spiel."

Das bedeutete Designerklamotten, vielleicht sogar Haute Couture. Sie kämpfte gegen ihre Übelkeit an und streckte die Hand aus. Wie viele Stücke?"

„Zehn! Hier."

Hailey spürte irgendetwas mit Spitze. Sag mir, dass ich nicht mit verbundenen Augen Lingerie anziehen soll.

Mad lachte. „Nein."

Sie betastete den Spitzenstoff und zog vorsichtig daran. „Hm, elastisch."

„Versuchs auf dem Kopf", rief Claire mit ihrer rauchigen Stimme.

Haarband. Sie zog es an. „Das nächste, schnell!" Sie wollte sich die coolen Geschenke nicht entgehen lassen, wollte sich aber auch nicht darüber übergeben müssen. Sie war sich sicher, dass sowohl Lucy als auch ihre Freundinnen Fotos machten.

„Warum die Eile?", fragte Mad und reichte ihr etwas, das sich seidig anfühlte.

„Es ist lustiger, wenn ich schnell machen muss." Sie band sich das seidige Ding um den Hals. „Das nächste."

Sie machte so schnell sie konnte, ohne aufzustehen, und schlang alles um Kopf, Hals, Schultern und Handgelenke, während sie verzweifelt versuchte, die Übelkeit in den Griff zu bekommen. „Ist das alles?"

Mad riss die Augenbinde herunter und grinste. „Das ist alles. Steh auf und führ es uns vor."

Sie stand auf, spürte ihren Magen rebellieren, das Brennen in ihrem Hals und rannte an die Reling, um die letzten Cracker an die Fische zu verfüttern. Dann stand sie einfach nur da, schwer atmend auf die Reling gestützt, und hoffte, dass das alles war.

„Hailey", sagte Mad und rammte gegen sie, als das Boot plötzlich schaukelte.

Hailey verlor das Gleichgewicht und flog in hohem Bogen über die Reling ins Wasser. Es passierte so schnell, dass sie nicht einmal schreien konnte. Im einen Moment rang sie mit der Übelkeit, im nächsten war sie unter Wasser.

Spuckend und hustend tauchte sie wieder auf. *Sollte das ein verdammter Witz sein?* Es war eiskalt, ihre Kleider waren vollgesaugt so schwer, dass sie strampeln musste, um sich über Wasser zu halten, und Mad lachte.

„Bist du okay?", rief Mad, immer noch lachend.

Hailey schlug mit der Faust ins Wasser, kochend vor Wut nach der langen Kette von Fehlschlägen auf dem Weg zur Hochzeit. „Man wirft keine schwangere Frau über Bord!"

„O mein Gott! Du bist schwanger!", kreischte Mad.

Alle rannten an die Reling und glotzten sie an, während Lucy Fotos machte.

Der Maat warf ihr einen Rettungsring zu; sie ließ sich zurück zum Boot ziehen und kletterte die Leiter hinauf. Dann stand sie an Deck, klatschnass und fuchsteufelswild.

„Bist du wirklich schwanger?", fragte ihre Mutter mit der Hand am Hals.

„Ja, Mom, wirklich", knurrte Hailey. Als würde sie jedem erzählen, dass sie eine schwangere Braut war, wenn dem nicht so wäre.

„Ich muss mich setzen", sagte ihre Mom mit zittriger Stimme. Sie setzte sich auf die Bank und starrte Hailey an. „Dann werde ich Großmutter?"

Hailey versuchte, ihr Kleid auszuwringen. Ruiniert. Alles war ruiniert. Die Reporter hatten alles mitangehört. Sie hatte Josh enttäuscht, indem sie ihre Neuigkeiten verraten hatte, wo sie doch gesagt hatten, dass sie warten würden, und ihre Mom brach in Panik aus. „So funktioniert das nun mal, Mom."

„Herzlichen Glückwunsch!", johlte Mad.

Ihre Mutter strich sich die Haare aus dem Gesicht und blickte zu Hailey auf. „Wie bin ich nur so alt geworden?"

„Oh ja, Mom, es geht ausschließlich um dich. Verschwende bloß keinen Gedanken an die schwangere Braut mit der Hochzeit aus der Hölle!"

Totenstille. Alle starrten sie geschockt an.

Mad brach das Schweigen. „Nur, weil du ins Wasser gefallen bist, heißt das noch lange nicht, dass deine Hochzeit ruiniert ist."

Hailey hob beide Hände und zählte daran ab, was alles schiefgegangen war. „Ich habe mein zweites Hochzeitskleid, weil das erste verkohlt ist! Die Fellspinner drängen sich vor! Die Blumen sind scheiße! Die Ringe sind im wahrsten Sinne des Wortes scheiße! Der Caterer ist im Streik! Und jetzt ist auch noch mein Geheimnis raus. Ja, ich bin eine schwangere Braut! Hier ist Ihre Überschrift! Die Hochzeit der Hochzeitsplanerin geht den Bach runter!" Die Absurdität der Situation traf sie wie eine Dampframme, und sie lachte hysterisch. „Diese Hochzeit ist verflucht!"

Die Frauen redeten aufgeregt durcheinander.

„Jemand muss Josh anrufen."

„Bringt sie zurück an Land!"

„Heilige Scheiße!"

Irgendwie hatte es Hailey von Punkt A – klatschnass

und zitternd auf einem schwankenden Partyboot – zu Punkt B im Pyjama in ihrem warmen Bett geschafft. Claire hatte dafür gesorgt, auch wenn die Details zwischen Übelkeit, Frieren und der Verzweiflung angesichts des Wissens, dass nicht nur die Hochzeit verflucht war, sondern auch sie, bestenfalls verschwommen waren. Und ihre Karriere war ebenfalls dahin. Nach dieser Katastrophenhochzeit würde sie nie wieder jemand buchen.

7

Hailey erwachte am nächsten Morgen, dem Morgen ihres Hochzeitstags, in einem Zustand tiefer Verzweiflung. Sie hatte geträumt, dass sie zum Altar ging, und einen Schritt von Josh entfernt tat sich der Boden auf, und sie landete im Meer. Was diesen Traum wohl inspiriert hatte? Sie tastete nach Josh, spürte jedoch nur seine Decke. Sie tastete weiter. Nichts. Sie schlug die Augen auf und stützte sich auf ihre Ellbogen. Er war nicht im Bett. Rose und Max lagen zusammengerollt am Fußende.

„Josh?", rief sie.

Stille.

Sie setzte sich auf, nahm ihr Handy aus ihrer Tasche, und als sie es einschaltete, fand sie eine Nachricht von Josh. *Es bringt Unglück, die Braut vor der Hochzeit zu sehen. Ich helfe Jake mit Owen und hänge mit meinen Brüdern rum. Die Hunde habe ich schon gefüttert und Gassi geführt. Sehe dich später in der Kapelle. Ich liebe dich, Josh.*

Sie warf das Handy aufs Bett. Na klar, jetzt hielt er sich an Hochzeitstraditionen. Jetzt, wo sie am Rand der

Verzweiflung stand. Sie hob ihr Handy auf und schickte eine Nachricht an ihre Freundinnen. *Irgendjemand Zeit zum Frühstücken? Lunch? Irgendwas?*

Eine Ausrede nach der anderen folgte, doch alle hatten denselben Tenor: Bin mit mir selbst beschäftigt. Bis später beim Fertigmachen.

Zuerst Josh, und jetzt ließen ihre Freundinnen sie auch noch sitzen. *Wunderbar.* Die schwangere verfluchte Braut würde den Hochzeitstag allein verbringen. Nein, nicht allein. Sie würde ihn mit ihren Fellbabys verbringen. Sie waren sowieso die einzigen, die sie verstanden. Sie rutschte ans Fußende des Betts und streichelte sie. Rose spitzte kurz die Ohren, doch dann schliefen beide friedlich weiter. Sie seufzte und ging ins Bad. Sie konnte es wirklich nicht ertragen, heute allein zu sein. Und kein einziges Problem, das auch nur entfernt mit ihrer Hochzeit zu tun hatte.

Sie brauchte eine Auszeit von alledem.

Dann dachte sie an Anna, die nette junge Frau, die ihr nach ihrer Ankunft Obstsalat und Eiswasser gebracht hatte. Sie nahm den Hörer des Zimmertelefons in die Hand und rief in der Küche an, in der Hoffnung, sie zu finden. Einer der Köche verband sie mit ihr. „Hallo Anna, ich bin's, Hailey. Könnten Sie mir bitte ein Picknick für den Strand packen?"

„Natürlich."

„Schön. Und wenn Sie einen Sonnenschirm und ein paar Stühle finden könnten, wäre das perfekt. Ich würde mich freuen, wenn Sie mich begleiten würden."

„Wirklich?"

„Ja. Jeder braucht ab und zu mal einen Tag am Strand." Wenn sie ehrlich war, hatte sie nicht damit gerechnet, dass sie bei all den Hochzeitsvorbereitungen Zeit haben würde, die Strände hier zu genießen, doch plötzlich hatte sie jede Menge Zeit.

„Es wäre mir eine Ehre. Können Sie mir eine Stunde geben, um alles vorzubereiten?"

Sie konnte das Lächeln in Annas Stimme hören. „Dann treffen wir uns in einer Stunde in der Vorhalle."

„Wunderbar."

So gelang es Hailey von Panikmodus auf vollkommen entspannt umzuschalten. Es war ein wunderbar entspannender Tag am Strand. Max und Rose spielten in den Wellen und rannten herum. Hailey las einen Liebesroman einer ihrer Lieblingsautorinnen, und Anna blätterte durch ein Klatschmagazin. Irgendwann nickte Hailey sogar ein.

Mit ihren Fellbabys auf dem Arm kehrte sie durch den Seiteneingang in den Palast zurück und stieß mit Jake zusammen, der einen Smoking mit dem Seideneinstecktuch trug, das sie für Josh bestellt hatte. Warum trug Jake den Smokingblazer seines Zwillingsbruders?

„Hey, Sweetheart", sagte er und kam langsam auf sie zu.

Sie reagierte sofort argwöhnisch. Jake nannte sie nie Sweetheart, und er bewegte sich auch nie langsam. „*Versuch* nicht einmal, die Zwillingstauschnummer an unserem Hochzeitstag durchzuziehen. No, Sir! Ich kenne meinen Josh, und du bist nicht Josh."

Jake grinste und küsste sie auf die Wange. „Ich bin froh, dass du den richtigen Zwilling erkennst. Ich habe Furry-Dienst. Mein Job ist es, den wütenden Bräutigam zu spielen und die Fellspinner rechtzeitig aus dem Ballsaal zu werfen. Dein Bräutigam zieht sich gerade an und genießt seine letzten Stunden in Freiheit mit den anderen Jungs."

„Ha-ha. Und danke."

Er warf einen Blick auf ihren Bauch. „Wie ich höre, sind Glückwünsche angesagt?"

Sie wurde rot. „Claire hat es dir gesagt."

„Alle wissen es. Frauen reden; Männer hören zu." *Das tun sie?*

Sie beugte sich zu ihm vor. „Ich wollte, dass es bis nach der Hochzeit geheim bleibt. War Josh böse, dass ich es verraten habe?" Sie nahm an, dass die Zwillinge bereits darüber gesprochen hatten. Sie hatte Josh seit dem Junggesellinnenabschied weder gesehen noch mit ihm gesprochen.

Jack schnitt eine Grimasse. „Claire hat mich gestern Abend angerufen, nachdem sie dich ins Bett gebracht hatte, und mir erzählt, was passiert ist. Ich habe es ihm gesagt, und alles, was ihn interessiert hat, war, dass du über Bord gegangen bist. Ich habe ihn noch nie so wütend gesehen und musste ihn erst mal beruhigen."

„Wäre schön gewesen, wenn er nach mir gesehen hätte."

Jake zupfte an ihren Haaren, wie Josh es immer tat. „Das hat er. Er ist zurück in eure Suite gegangen, und du hast schon geschlafen. Er hat deine Stirn gefühlt, um zu sehen, ob du Fieber hast, und deinen Puls gemessen."

Sie riss die Augen auf. „Das hat er?" Und sie hatte alles verschlafen.

Jake lächelte. „Ja, und dann hat er mir geschrieben, um mich wissen zu lassen, dass du okay bist und Mad am Leben bleiben würde. Heute Morgen ist er ganz früh aufgestanden, weil er etwas für dich geplant hat."

Ihr Herz machte einen Sprung. „Ist er nicht wunderbar?"

Er neigte den Kopf. „Sicher."

„Das ist er!"

„Schon gut, schon gut!" Er zwinkerte ihr zu. „Claire spricht gerade mit dem Friseur und der Visagistin. Genieß deine Brautzeit."

„Mach ich."

Sie ging zu ihrer Suite zurück und fühlte sich überaus ausgeglichen nach dem entspannenden Tag am Strand. Sie setze ihre müden Fellbabys aufs Bett und duschte sich, bevor sie zur Umkleidesuite am anderen Ende des Flurs ging, um ihre Freundinnen zu treffen.

Als sie die Tür öffnete, verstummten alle. „Hallo allerseits! Hattet ihr einen schönen Tag? Scheint ja alle ziemlich beschäftigt gewesen zu sein."

Alle plapperten durcheinander und versicherten ihr, dass alles wunderbar war. Ein bisschen zu wunderbar.

Sie kniff die Augen zusammen. „Gibt es irgendwas, wovon ich wissen sollte?"

Mad schüttelte den Kopf. „Nein, nichts. Komm rein und setz dich." Sie deutete auf den bordeauxroten Lesesessel. „Wir haben was für dich, bevor wir mit dem Aufhübschen anfangen."

„Oh-kay", sagte sie langsam und setzte sich. Ihre Freundinnen versammelten sich im Halbkreis um sie herum. „Worum geht's?"

Mad rang sich die Hände. „Also, wir haben alle ein schlechtes Gewissen, weil dein Junggesellinnenabschied buchstäblich ins Wasser gefallen ist. Hailey, es tut mir so leid, dass ich dich über die Reling gestoßen habe. Es war ein Unfall. Und es tut mir leid, dass ich gelacht habe. Das ist so was, worüber meine Brüder und ich lachen würden, aber es war unangebracht. Es tut mir wirklich, wirklich leid."

Hailey schüttelte den Kopf. „Schon okay, Mad. Mir geht's gut. Und ich weiß, wie du und deine Brüder seid. Vergeben und vergessen."

Claire meldete sich zu Wort. „Wir wollten dir gestern Abend zeigen, wie wichtig du uns allen bist, und irgendwie hat die Party die Botschaft nicht so rübergebracht, wie wir gehofft hatten, darum haben wir dir das hier besorgt, um dir alles Liebe und Gute zu deinem Happy End zu wünschen, nachdem du uns geholfen hast, unseres zu finden." Sie reichte Hailey ein ledergebundenes Notizbuch.

Hailey nahm es und strahlte ihre Freundinnen an. Es war wahr. Sie hatte dafür gesorgt, dass alle ihre Freundinnen ihr persönliches Happy End gefunden hatten, in dem sie ihnen hier und da einen liebevollen Stups in die richtige Richtung versetzt und sie unterstützt hatte, wenn sie Unterstützung gebraucht hatten. Das war der Grund gewesen, weswegen sie den Happy End Buchclub gegründet hatte – um Menschen zusammenzubringen. Das und der köstliche Spaß, über Liebesromane zu diskutieren und die oh-so-appetitlichen männlichen Hauptfiguren, die sie so liebten.

Hailey strich ehrfürchtig mit den Fingern über das königliche Wappen, das in das Leder eingeprägt war – ein Löwe mit einer Krone und dem Meer und einem Fisch darunter.

„Das ist ein besonderes Notizbuch, das nur von der königlichen Familie benutzt wird", erklärte Mad. „Phillip hat es als Andenken für dich angeboten, und wir haben uns darauf gestürzt."

Hailey drückte es an sich. „Das ist so schön."

„Mach's auf!", verlangte Mad, und sie gehorchte.

Das Papier war cremefarben, unliniert, mit einer wunderbar dicken Textur. Und auf der ersten Seite hatte Phillip es signiert.

Hailey,

danke, dass du das Versuchskaninchen für uns spielst. Ich weiß, dass du als Schwan aus der Kapelle kommen wirst.

In ewigem Dank,

Phillip

Sie sah ihre Freundinnen lächelnd an. „Danke. Ich weiß es wirklich zu schätzen."

„Blätter weiter", sagte Mad.

Sie blätterte um. Noch eine Nachricht, diesmal von Claire.

Hailey,

du hast mich zu einer Zeit in eine Schwesternschaft von echten Freundinnen gebracht, als ich mich selbst in einer Menge einsam gefühlt habe. Und du hast mir einen Stups (Ha! Eher einen Rempler!) gegeben, um mit Josh auf ein Blind Date zu gehen, nur, dass Josh Jake war, die Liebe meines Lebens. Ich habe mich deinem Happy End Buchclub angeschlossen und wirklich mein Happy End gefunden. Schwestern für immer.

Lang lebe die Romantik und das Happy End!

Alles Liebe,
Claire

Hailey spürte einen Kloß in ihrem Hals. Claire war auf dem Höhepunkt ihrer Popularität gewesen, als sie sie kennengelernt hatte. Sie waren alle ein bisschen von ihrem Ruhm eingeschüchtert gewesen, doch sie hatte sich als bodenständig und humorvoll herausgestellt. „Claire, danke. Ich bin mir nicht sicher, wie viel von dem Zwillingstausch ich mir anrechnen darf. Ich hatte keine Ahnung, dass sie das tun würden."

Claire lächelte, und ihre haselnussbraunen Augen glitzerten. „Der einzige Grund für den Rollentausch war, dass Josh mit dir auf ein Date gehen wollte. Darum lässt sich alles auf dich zurückführen." Sie umarmte Hailey. „Ich hab dich lieb, Lady. Und jetzt lies weiter."

Hailey wischte sich über die Augen. „Ihr bringt mich noch zum Weinen."

Mad deutete auf einen Minikühlschrank. „Wir haben kalte Kompressen da drin und Gurkenschnitze. Du kannst heulen so viel du willst, solange es Freudentränen sind."

Hailey lachte. „Danke, Mad, du bist eine tolle Trauzeugin."

Mad strich sich unsicher mit der Hand durchs Haar und wurde rot. „Danke", murmelte sie.

Hailey blätterte um und fand Mads krakelige Handschrift.

Hailey,
  du bist meine erste echte Freundin, und ich weiß, dass ich

das allein dir zu verdanken habe. Du hast dir die Mühe gemacht, mich kennenzulernen, und mich mit offenen Armen in den Happy End Buchclub aufgenommen, als die anderen mich für einen Griesgram gehalten haben. Was für ein Schock, nicht wahr? Du hast mir geholfen, mich das erste Mal unter Frauen wohlzufühlen, was an sich schon ein Wunder ist, doch dann hast du mir geholfen und mir Mut gemacht auf dem Weg, Parker die Augen zu öffnen und ihm zu zeigen, dass ich eine erwachsene Frau bin, die ihm gewachsen war, und nicht die fünfzehnjährige großmäulige Knalltüte, die er in Erinnerung hatte. Jetzt sind wir verheiratet, und ich bin nie glücklicher gewesen.

Du hast mich gelehrt, an mich und an die Liebe zu glauben. Ich kann mir mein Leben ohne dich nicht vorstellen, und jetzt muss ich das auch nicht, denn du heiratest meinen Bruder. Jetzt hast du mich für immer an der Backe! Willkommen in der Familie.

Hab dich lieb,
Mad

Jetzt flossen die Tränen. „Oh, Mad, du hast auch so viel für mich getan. Komm her." Mad war die erste Freundin, die Hailey gesehen hatte, wie sie wirklich war. Niemals stutenbissig oder verurteilend, hatte Hailey Mad geholfen, ihre Stärke als Frau zu finden. Sie hatte ihr auch Selbstverteidigung beigebracht und Hailey von Anfang an wie einen Teil ihrer eng gestrickten Familie behandelt. Hailey schniefte und öffnete die Arme für Mad, die sie fest an sich drückte.

Als Mad sie wieder losließ, hatte auch sie Tränen in den Augen. „Ich geh die Taschentücher holen." Sie eilte zu dem eleganten kleinen Schminktisch in der Ecke, zog ein Taschentuch aus der Packung und wischte sich die Augen ab.

„Hallo?", rief Hailey. „Schwangere Braut mit Tränen in den Augen auf 3 Uhr."

Mad nahm die Packung und brachte sie zu Hailey, die an die Decke blinzelte, um die Tränen zurückzuhalten. Sie nahm ein Taschentuch und tupfte sich die Augen ab.

Sie blätterte um, um die nächste Nachricht zu lesen. Sie war von Charlotte, einer Personal Trainerin, die einmal furchtbar desillusioniert gewesen war, was Männer angeht. Sie war mit Joshs jüngerem Bruder Ty verheiratet.

Hailey,

ich war vielleicht diejenige, die am schwersten zu verkuppeln war, doch als du mir Ty in den Kopf gesetzt hast, hat er sich direkt den Weg zu meinem Herzen gebahnt. Dein unerschütterlicher Glaube an die Liebe und deine Unterstützung hat mir die Kraft gegeben, mich Ty, dir und unseren Freundinnen gegenüber zu öffnen.

Ich werde dir ewig dankbar sein dafür, dass du mir durch die furchtbare Zeit geholfen hast, als ich mit TJ schwanger war und mir der Arzt Bettruhe verordnet hat. Deine täglichen Nachrichten und Anrufe haben mich daran erinnert, dass ich nicht allein war. Ich hatte dich und meine Schwestern, die mir den Rücken gestärkt haben. Das Treffen des Buchclubs in mein Schlafzimmer zu verlegen, hat mir erlaubt, Teil der Gruppe zu bleiben, als ich sie mehr denn je gebraucht habe. Ich bin überglücklich, dich Schwester nennen zu dürfen. Ich liebe dich von ganzem Herzen. Ich weiß, dass du jetzt weinst. Gott, ich heule mir ja schon beim Schreiben die Augen aus dem Kopf. Ich wünsche dir das beste Happy End mit Josh, das man sich vorstellen kann. Du hast es verdient.

Alles Liebe,

Charlotte

Hailey blickte auf. „Char–" Ihre Stimme versagte. Es war für alle schwer gewesen, als Charlotte Bettruhe verordnet bekommen hatte. Sowohl Charlotte als auch das Baby waren in ernster Gefahr gewesen. Zum Glück hatten es jedoch beide gut überstanden. TJ war jetzt ein gesundes Kleinkind.

Charlotte küsste sie auf die Wange und umarmte sie. „Hab dich lieb, Mädel."

„Ich dich auch", presste sie heraus.

Charlotte löste sich mit einem Lächeln von ihr. „Ich freue mich so für dich und Josh, sowohl wegen der Hochzeit auch als wegen des Babys."

Die Frauen stimmten alle ein und umarmten sie. Sie stand auf, umgeben von ihren Schwestern. „Danke", schluchzte Hailey. Sie betrachtete ihre Freundinnen, die sie alle liebevoll ansahen. Zu denken, dass sie ihre Schwangerschaft vor ihnen geheimzuhalten versucht hatte. Sie war so froh, dass alle es wussten. Sie lächelte durch ihre Tränen. „Schau, was ihr angerichtet habt. Ihr habt mich zu einem schluchzenden Häuflein Elend gemacht! Zumindest werde ich keine heulende Braut sein, denn bis dahin habe ich bestimmt keine Tränen mehr."

„Ja, klar …", schmunzelte Claire.

„Ganz sicher. Ich schwöre es", sagte Hailey, dann setzte sie sich und putzte sich die Nase. Claire beeilte sich, den kleinen Mülleimer aus dem Bad zu holen, und hielt ihn ihr entgegen. Sie warf das Taschentuch hinein. „Okay, und weiter geht's."

Hailey las weiter und wischte sich die Tränen ab, um Laurens süße Nachricht zu lesen. Sie hatte Joshs jüngeren Bruder Alex geheiratet.

Die nächste Nachricht war von Carrie, der niedlichen Krankenschwester, die weit über das hinausgegangen war, was Hailey vorgeschlagen hätte, um einen Mann zu finden. Und dann Ally, ihre Partnerin in ihrem Hochzeitsplanungsbüro, die scheinbar die ganze Zeit gewusst hatte, dass Hailey schwanger war, da sie sich ein Büro teilten. Ihre häufigen Toilettenbesuche und ihr permanentes Knabbern an Salzcrackern mussten sie verraten haben.

Sie sah Ally lächelnd an. „Danke, dass du mein Geheimnis bewahrt hast."

Ally umarmte sie. „Herzlichen Glückwunsch, Mami! Wir wussten alle, dass du und Josh füreinander bestimmt seid, auch wenn ihr es euch nicht leicht gemacht habt."

Die anderen nickten zustimmend.

Hailey lachte. „Josh hat nur mit mir gespielt. Doch damals wusste ich das nicht. Ihr wisst ja alle noch, wie wütend ich auf ihn war."

„Stichwort winzige Banane?", bemerkte Carrie grinsend.

Alle lachten. Das war eine gute Retourkutsche gewesen, anzudeuten, dass Josh eine winzige Banane hatte. Er war außer sich gewesen und hatte verzweifelt versucht, es zu leugnen, ohne dabei auf Obszönitäten zurückzugreifen. Ha-ha. Zum Glück war dem wirklich nicht so.

Hailey las weiter. Missy war die nächste. Sie war wahrscheinlich die Zurückhaltendste unter all ihren Freundinnen nach einer schweren Kindheit und einem gewalttätigen Ex. Doch jetzt, da sie mit dem süßen Ben verheiratet war, war sie offener geworden. Und Überraschung! Missy wollte auch einen Club für Moms gründen!

„Ja!", rief Hailey und öffnete ihre Arme in Missys Richtung. „Ich würde zu gerne einen Club für Moms gründen. Ich hatte schon ernsthaft darüber nachgedacht."

Missy lachte und umarmte sie. „Hab dich lieb."

„Ich dich auch." Hailey sah ihre Freundinnen an. „Natürlich seid ihr alle zu Mom-Events eingeladen. Ihr müsst keine Mütter sein, nur mütterfreundlich, um zu kommen."

„Das sind wir definitiv", sagte Ally. „Du weißt, dass wir alle Kinder wollen. Es ist nur eine Frage der Zeit."

Hailey nickte und blätterte um. Die nächste Nachricht war von Sabrina. Sie hatte Joshs jüngsten Bruder Logan geheiratet. Hailey wappnete sich. Sabrina war richtig gut, was den emotionalen Kram anging, und würde sie sicher zum Heulen bringen.

Hailey,

du Verrückte! Du bist diejenige, die diese Sache mit dem falschen Verlobten vorgeschlagen hat, und schau, was passiert ist! Jetzt bin ich mit meinem besten Freund verheiratet, der noch dazu der beste Ehemann der Welt ist, und es ist alles deine Schuld. Aber im Ernst, ich liebe dich, weil du eine ewige Optimistin und eine unerschütterliche Unterstützerin der wahren Liebe bist. Ich bin glücklich, dass du und Josh euch endlich einander geöffnet habt, um die Liebe zu finden, die die ganze Zeit auf euch gewartet hat. Ich habe so sehr darauf gehofft. Wir alle haben es gehofft. Und jetzt sind wir Schwestern für immer.

In Liebe,

Sabrina

Hailey blickte mit einem neuerlichen Kloß im Hals auf und Sabrina stand schon vor ihr und strahlte sie an.

„Und der letzte und beste Eintrag", bemerkte Lexi. „Glaubst du, du kannst die Tränen lange genug zurückhalten, um meinen zu lesen?" Lexi war von allen am desillusioniertesten gewesen, was Männer anging, doch wie sehr hatte sie sich in Marcus verliebt.

Hailey lächelte und blätterte zu Lexis Eintrag, bevor sie das Buch mit einem glücklichen Seufzer zuklappte. Sie stand auf, legte das kostbare Buch auf den Sessel und breitete, ohne ein Wort zu sagen, die Arme aus. Schnell wurde sie von einer Gruppenumarmung ihrer Freundinnen fürs Leben verschluckt. Sie blinzelte die Tränen weg und betrachtete die Gesichter der Frauen, die sie liebte. Nicht ein Auge war trocken. Ihre gemeinsame Reise würde auch durch die nächste Stufe von Ehe und Mutterschaft weitergehen. Und natürlich würde sie ihre gemeinsame Liebe zu Liebesromanen weiter verbinden.

Hailey lächelte durch ihre Tränen. „Ich war gestern wirklich der Panik nahe–"

„Ach nein, wirklich?", sagte Mad lächelnd.

Hailey lachte. „Ich habe mich dermaßen in die Details verstrickt, die Blumen, das Kleid, das Essen, und, und, und. Aber ihr habt mich daran erinnert, dass die Liebe das Wichtigste ist." Ihre Stimme versagte. „Und ich habe jede Menge davon von euch und von Josh. Ich kann's kaum erwarten, ihn endlich zu heiraten."

„Das wissen wir!"

Alle lachten.

„Lasst uns diese schwangere Braut hübsch machen", sagte Mad.

„Ja", sagte Hailey, plötzlich stolz, die schwangere Braut zu sein. Sie war überglücklich darüber, und Josh auch. Bald würden sie verheiratet sein, und sie konnte kaum erwarten zu sehen, was Josh für ihre Hochzeitsreise geplant hatte.

Das war das eine, was sie ihn zu übernehmen gebeten hatte.

8

Josh wartete mit seinem Trauzeugen Jake und seinen Brüdern am Altar und stieß einen Seufzer aus, den er den ganzen Tag unterdrückt hatte. Endlich war es soweit. Und diese Hochzeit war nicht verflucht, denn so etwas gab es nicht. Es gab nur ihn, der die Mission Hochzeit durchzog. Bam! Jake hatte bestätigt, dass die Furries den Ballsaal verlassen hatten und dass die Vorbereitungen für ihren Empfang effizient abliefen. Die Ringe waren per Reißverschluss in einer Tasche in Max' blauem Samtcape gesichert, und Mad hatte mitgeteilt, dass es Hailey großartig ging.

Die Kapelle war beeindruckend mit ihrer hohen Decke, den Goldverzierungen und den Fresken. Ein unglaublicher Ort für ihre Hochzeit. Die Kapelle war bis vor Kurzem dem Volk nicht zugänglich gewesen, und jetzt heirateten sie hier. Unglaublich. Die Wände der Kapelle zierten königliche Wappen und Bilder und Statuen von Heiligen. Handgeschnitzte Sitzbänke, ein langer Mittelgang für seine schöne Braut und eine gigantische Orgel mit silbernen Pfeifen und reichlich Goldverzierungen unterstrichen den altehrwürdigen Eindruck. Perfekt für eine Prinzessin wie Hailey, und, bei Gott, er würde ihr der beste Prinz sein, der er sein konnte.

Er lächelte vor sich hin und freute sich auf Haileys überraschte Miene angesichts der Blumen. Ja, auch Mission Blumen hatte er erfolgreich abgeschlossen. Verschwunden waren die kümmerlichen verblühten Gestecke, die der Florist ihnen anzudrehen versucht hatte. Früh an diesem Morgen hatte er Mad gebeten, ein paar Freiwillige zu finden, um die Insel nach Wildblumen und allem, was blühte, abzusuchen. Das Resultat waren herrliche bunte Gestecke, die einen fröhlichen Kontrast zum altehrwürdigen Gold und Weiß der Kirche boten.

Während Mad mit Blumenpflücken beschäftigt gewesen war, hatte Josh ein weiteres Team rekrutiert, um mit ihm in der Küche das Essen für den Empfang vorzubereiten. Die Zutaten waren alle da gewesen, sie hatten nur ein paar extra Hände gebraucht. Natürlich hatte er es nur für seine Hochzeit getan – die Fellspinner konnten für sich selbst sorgen.

Die majestätische Orgel begann zu spielen. Haileys Brautjungfern waren die Frauen seiner Brüder. Eine nach der anderen kamen seine Schwägerinnen den Gang hinunter, doch den Blick auf das Ende des Ganges gerichtet wartete er auf den Moment, in dem Hailey endlich hereinkommen würde.

Er straffte seine Schultern, und das Blut rauschte in seinen Ohren vor Vorfreude, als Mad mit Max und Rose an der Leine den Gang hinunterging. Das bedeutete, dass Hailey gleich kommen würde. Die Hunde trugen passende blaue Samtcapes und sahen aus, als lächelten sie. Auf Rose' Cape war ein Zweig mit weißen Blüten befestigt, denn sie war eher ein symbolisches Blumenmädchen, da sie befürchtet hatten, dass sie die Blütenblätter wohl fressen würde.

Mad kam am Altar an, gab Rose an Sabrina weiter, hob Max auf und nahm die Ringe aus seinem Cape. Sie reichte sie Jake und nahm mit Max zu ihren Füßen ihren Platz auf der Seite der Braut ein. Max kläffte, weil er zu Rose wollte, und Mad ließ die Leine los. Max rannte sofort zu Rose hinüber, und Sabrina nahm schnell seine Leine.

Dann begann der traditionelle Hochzeitsmarsch zu spielen, und endlich sah er sie. Plötzlich brannten seine Augen, und überwältigt von seiner Liebe zu ihr pochte sein Herz. Sie hatte sich entschlossen, allein zum Altar zu gehen. Ihr Dad war vor langer Zeit gestorben, und sie wollte und brauchte keinen Ersatz. Sie war immer unabhängig gewesen, seine Kriegerprinzessin.

Er schluckte den Kloß in seinem Hals hinunter. Ihr Schleier bedeckte ihr Gesicht nicht. Ihre blassblauen Augen waren auf ihn gerichtet, und sie lächelte nur für ihn, strahlend vor Glück. *Ja.* Das war genau das, was er sich für sie gewünscht hatte.

Ihr Kleid war ärmellos, aus weißem Satin, oberhalb der Taille eng anliegend, und in sanfter A-Linie nach unten auslaufend mit einer langen Schleppe, der Schleier noch ein Stückchen länger. Seine schöne Braut.

Endlich blieb sie neben ihm stehen, und er konnte nicht anders, er musste sie berühren. Er legte die Hand an ihre Wange. „Hailey, Liebes."

Sie schmiegte sich an ihre Hand. „Josh, meine ewige Liebe."

Seine Brust schmerzte. Er hatte nie eine Liebe wie diese

gekannt, so tief, dass er sie in seinen Knochen spürte. Er liebte sie jeden Tag mehr.

Der Pastor begann die Zeremonie, und die Worte flossen um sie herum. Josh jedoch nahm nur sie wahr. Er bewegte sich wie in einem Traum und schwor, sie bis in alle Ewigkeit zu lieben, doch die Worte waren nicht viel mehr als eine Formalität für ihn. Er hatte ihr in dem Moment, indem sie zugestimmt hatte, ihr Leben mit ihm zu verbringen, Herz und Seele geschenkt. Er steckte ihr den schlichten goldenen Ring an den Finger und blickte in ihre Augen. Sie weinte, doch es waren Freudentränen.

Endlich war es offiziell. Sie waren Mann und Frau.

Sie schlang ihre Arme um seinen Hals, und er küsste sie mit all der Liebe, die er für sie empfand, zärtlich, ehrfürchtig, als wäre nichts und niemand wichtiger als sie.

Ihre Freunde und ihre Familie klatschten Beifall.

Hailey strahlte ihn an. „Wir haben es geschafft. Ich liebe dich, mein Ehemann.“

Er umarmte sie und sprach in ihr Ohr, die Stimme rau vor Emotionen. „Und ich liebe dich, Ehefrau.“

Sie lächelte ihn an. „Zeit zu feiern. Bist du bereit?“

Er nickte, nahm sie bei der Hand, und gemeinsam gingen sie den Gang hinunter zum Ausgang. Er lächelte, als er all die strahlenden Gesichter ihrer Lieben sah. Zeit für den nächsten Schritt ihrer gemeinsamen Reise. Vereint durch ihre Liebe würde ihnen nichts im Weg stehen.

Dafür würde er sorgen.

Als sie den Ballsaal betraten, stockte Hailey der Atem. Der Parkettboden glänzte, die Kristallkronleuchter glitzerten, die Deckenfresken strahlten, und die goldene Wandbespannung schimmerte im Licht, doch was ihr den Atem nahm, waren die langen Buffettische voller Essen.

Sie drehte sich zu Josh um. „Ich dachte, die Caterer sind im Streik, und der Koch hat sich geweigert zu helfen?" Sie senkte die Stimme. „Ich habe wirklich mit einer Handvoll kalter Snacks gerechnet."

Josh lächelte stolz. „Ich habe ein Team organisiert, das den ganzen Morgen in der Küche gearbeitet hat. Sabrina war eine riesige Hilfe. Sie ist eine Küchengöttin. Wir hatten all die Zutaten und haben nur ein paar zusätzliche Hände gebraucht."

„Da warst du also heute Morgen!" Sie umarmte ihn und lächelte ihn an, dann bestaunte sie erneut das Essen. „Danke! Bitte sag mir, wer geholfen hat, damit ich ihnen persönlich danken kann."

„Klar doch. Und Mad ist für das Blumenteam zuständig gewesen."

„Im Ernst? Ich dachte, Bonnies Florist hätte im letzten Moment doch noch geliefert."

Josh schnaubte. „Wohl kaum. Diese Blumen sind alle von der Insel und von Hand gepflückt."

Dann begriff sie. „Darum hatte heute niemand für mich Zeit! Alle haben hinter den Kulissen gearbeitet, um diese Hochzeit perfekt zu machen! Oh Josh! Das bedeutet mir alles noch so viel mehr, jetzt, wo ich weiß, dass unsere engsten Freunde und unsere Familie geholfen haben." Sie schniefte. „Es ist, als wäre diese Hochzeit erfüllt von der Liebe aller."

„Absolut."

Sie umarmte ihn erneut, immer noch überrascht, dass

am Ende doch noch alles so schön geworden war. Dann ließ sie ihn los. „Es ist so still. Was ist mit den Musikern?"

Er sah sich um. „Ich weiß nicht, aber ich finde es heraus."

„Nein, mach dir keine Sorgen. Lass uns uns unter die Leute mischen. Ich muss mich bei so vielen Leuten bedanken!"

Sie machten die Runde und blieben stehen, um sich zu unterhalten und jedem Gast persönlich zu danken. Hailey umarmte sogar die Reporterinnen und dankte ihnen. Sie war so glücklich, so voller Liebe, dass es einfach aus ihr herausquoll. Sie konnte sich nicht daran erinnern, je so geliebt zu haben. Und es war alles, weil sie die Liebe des wunderbarsten, selbstlosesten und großzügigsten Mannes der Welt besaß.

Sie hatte sich gerade hingesetzt, um einen köstlichen Hummersalat zu essen, als die Musiker hereinkamen. Sie riss die Augen auf. Sie sahen aus wie Wikinger mit Rüstungen und Lederhandschuhen. Unter den Rüstungen trugen sie goldfarbene Tuniken und hellbraune Hosen, die unter dem Knie endeten, lange Wollsocken und Lederstiefel. Zumindest trugen sie Instrumente und keine Waffen und Schilde.

Als Josh von seinem Stuhl hochschoss, packte sie seinen Arm und schüttelte den Kopf. Er setzte sich und wandte sich ihr zu. „Hailey."

„Nein. Lass uns die Musik genießen. Ich wette, die Musiker haben sich verspätet, weil sie ein Wikingerrollenspiel an unserem Hochzeitstag hatten."

Er spießte eine Garnele auf seinem Teller auf. „Und ich wette, das ist noch so ein Ding, das Bonnie in den Sand gesetzt hat."

Phillip ging hinüber zu den Musikern und sprach eindringlich auf sie ein.

„Siehst du?", sagte Hailey ruhig. „Phillip kümmert sich darum."

Phillip winkte Bonnie herbei, und sie schienen ein erbittertes Gespräch zu führen. Ein paar Minuten später legten die Musiker ihre Rüstungen ab, die dann auch prompt von ein paar Dienstboten weggeräumt wurden.

Hailey wandte sich Josh zu. „Es ist schön, wenn man sich einfach amüsieren kann, weil man weiß, dass man schon alles hat, was man sich wünschen kann. Ich liebe dich. Ich liebe es, mit dir verheiratet zu sein. Und ich liebe es, dein Kind unter meinem Herzen zu tragen."

Josh presste mit glänzenden Augen die Lippen aufeinander.

Sie ließ die Gabel auf den Teller fallen. „Habe ich dich jetzt etwa zum Weinen gebracht? Ich habe dich noch nie weinen gesehen."

Er reckte sein Kinn vor. „Ich weine nicht."

Sie umarmte ihn. Und ob er das tat. Seine Augen waren feucht und gerötet. Ihr süßer, liebender Mann.

Das Essen war köstlich, die Gesellschaft wunderbar, und auch die Musik war großartig. Sie tanzte, sie lachte, und sie weinte ein bisschen während der Reden der Trauzeugen.

Die Fotografen blieben in ihrer Nähe, als das Anschneiden der Hochzeitstorte verkündet wurde. Bonnie schob die Hochzeitstorte herein. Über der Torte thronte eine riesige silberne Servierhaube. Wie nobel!

Hailey küsste Joshs glattrasierte Wange. „Komm. Zeit, dir unsere Hochzeitstorte ins Gesicht zu reiben."

Er schmunzelte. „Ich weiß ja schon, dass ich keinen

Kuchen auf dein Kleid bringen darf. Dann muss ich mich eben später revanchieren."

Sie lachte und führte ihn zu dem Tisch mit dem weißen Tischtuch, auf dem die Torte stand. Bonnie reichte ihr lächelnd das Messer.

„Danke", sagte sie mit einem Lächeln, drehte sich um und erstarrte, als Bonnie die Servierhaube mit großer Geste abnahm.

Das war nicht die runde, mehrstufige Torte, die sie bestellt hatten. Es war ein rechteckiger Blechkuchen, auf dem *Happy Birthday, Hailey* stand.

„Soll das ein verdammter Witz sein?", polterte Josh.

Alle verstummten entsetzt.

Bonnie wich einen Schritt zurück, doch ihr Fluchtweg wurde sofort vom Prinzen blockiert. Nur diesmal war es nicht Phillip, es war der stinkwütende Kronprinz Gabriel.

Gabriel starrte den Kuchen an, dann wandte er sich Bonnie zu. „Sie sind entlassen. Packen Sie Ihre Sachen. Ich will, dass Sie Villroy mit der nächsten Fähre morgen früh verlassen." Und dann hob er seine Stimme, damit alle ihn hören können: „Sie sind hiermit aus Villroy verbannt."

„Sie können mich nicht verbannen!", keifte Bonnie. „Ich habe königliches Blut. Meine Urgroßmutter war hier eine Magd, und der König hat sie geschwängert! Sie ist weggeschickt worden, um den königlichen Bastard zur Welt zu bringen, und seitdem haben wir in Armut gelebt! Wir lassen uns das nicht länger gefallen! Ich bin hier, um meinen Anspruch an den Thron anzumelden!"

„Sie haben keine Ansprüche", erwiderte Gabriel kühl. Er nickte in Richtung der Palastwachen, und sie eskortierten Bonnie schnell hinaus.

Bonnie zeterte weiter. „Ich hoffe, dieses verdammte Land leidet, wie meine Familie gelitten hat!"

Heilige Scheiße. Hailey war nicht verflucht. Die Hochzeit war nicht verflucht. Es war die Hochzeitsplanerin, die vollkommen durchgeknallt war. Bonnie hatte alles ganz bewusst sabotiert.

Und die Fotografen nahmen alles auf.

Sie wandte sich Josh zu. „Das macht die Geschichte so viel pikanter als die schwangere Braut."

Er lachte und zog sie in seine Arme. „Ich wusste, dass die Frau sie nicht alle hat. Wie konnte irgendjemand so viel auf einmal verbocken wie sie – das war absurd." Er lächelte sie an. „Wollen wir den Kuchen anschneiden?"

„Ja." Sie schnitt ein langes Rechteck aus der Mitte – das *Birth* aus *Birthday*. „Ich denke, ich sollte das essen, da ich schwanger bin." Sie neigte den Kopf in Richtung des Kuchens. „Schau, jetzt steht da *Happy Day, Hailey*."

Josh sah sie an, und im nächsten Moment landete eine Handvoll Kuchen in seinem Gesicht. Er reagierte kaum darauf, aß etwas davon, wischte den Rest ab und grinste. „Pass gut auf dich auf, Sweetheart."

Sie küsste ihn und lachte, bevor sie ihm die Buttercreme von den Lippen leckte. „Das ist dein Job."

EPILOG

Am nächsten Morgen erwachte Hailey als verheiratete Frau und fühlte sich rundum zufrieden. Sie drehte sich um und schmiegte sich an Josh. „Bist du schon wach?" Sie hatten bis spät in die Nacht gefeiert, und dann hatte Josh alles gegeben, um ihre Hochzeitsnacht zu etwas Besonderem zu machen, mit duftenden Kerzen und Rosenblättern. Er hatte sogar dafür gesorgt, dass Rose und Max bei Jake und Claire übernachten würden, damit sie ungestört sein konnten. Die Hunde würden später mit Jake und Claire nach Hause fliegen und bei ihnen bleiben, bis sie von ihrer Hochzeitsreise zurückkehrten. Prinz Phillip hatte ihnen die Flüge und die Reise nach Paris geschenkt, darum war die Hochzeitsreise Joshs besondere Mission. Sie konnte es kaum erwarten herauszufinden, was er geplant hatte.

Sie strich mit ihren Fingern durch sein zerzaustes Haar. „Josh?"

Er wachte abrupt auf, hielt ihre Hand fest und riss die Augen auf. „Was?"

„Zeit aufzuwachen."

Er ließ ihre Hand los und entspannte sich wieder. „Bist du geil?"

Sie strich mit ihren Fingern über seine nackte Brust – beide waren noch immer nackt von letzter Nacht. „Ja, aber ich bin auch so aufgeregt wegen unserer Hochzeitsreise. Wo fliegen wir hin? Es nicht zu wissen, macht mich fertig."

Er schob die Hand in ihren Nacken und küsste sie. „Es ist dieser exotische Ort namens Clover Park, Connecticut." Das war ihr Zuhause.

Sie schüttelte den Kopf. „Netter Versuch."

„Verdammt, ich kann dich nicht einmal mehr auf die Palme bringen."

„Ich bin verheiratet, schwanger und vollkommen Zen. Was soll ich sagen? Ich habe alles, wovon ich je geträumt habe." Sie küsste ihn und strahlte. „Das glücklichste Happy End."

„Dann sollten wir vielleicht unsere Reise nach Italien vergessen."

„Ahhh!"

Er wedelte träge mit der Hand. „Florenz, Venedig, Rom, wer braucht das schon?"

Sie kletterte auf ihn. „Josh!"

Er schlang seine Arme um sie. „Überraschung."

Sie hatte sich ein bisschen Sorgen gemacht, denn Planen war normalerweise ihre Zuständigkeit. Sie hätte jedoch wissen sollen, dass er alles richtig machen würde. Er enttäuschte sie nie. Ihr stabiler, ausgeglichener Mann. Ihr Fels.

Sie verteilte Küsse über seinem Gesicht und spürte sein Lächeln.

Er rollte sie unter sich und blickte tief in ihre Augen. „Ich liebe dich, meine schwangere Frau, meine Kriegerprinzessin."

„Ich liebe dich, Vater meines Babys, mein Kriegertier."

Er lachte und schmiegte seinen Kopf an ihren Hals. Sie seufzte und strich mit den Händen über seinen Rücken. Seine Hitze und sein Gewicht auf ihr waren wunderbar.

Er ließ sich zwischen ihren Beinen nieder und nahm sie mit einem langsamen, tiefen Stoß. Sein Blick war dunkel, intensiv und leidenschaftlich, und sie verlor sich in dem animalischen Verlangen in seinen Augen. Sie schlang Arme und Beine um ihn, und er bewegte sich schneller, während sie ihm entgegenkam, die Spannung wuchs und zwischen ihnen entbrannte. Da war nur Hitze und Feuer und so viel Liebe.

Ihre Lust baute sich so langsam auf, dass der Orgasmus sie vollkommen unvorbereitet traf und ihn gleich mit kommen ließ. Er verharrte tief in ihr und verteilte ehrfürchtige Küsse entlang ihres Halses, bevor er zu ihrem Mund zurückkehrte.

„Du gehörst mir", knurrte er.

Er war so unglaublich gut mit romantischen Worten, und zwischenzeitlich sprach sie seine Sprache. „Ich besitze dich", informierte sie ihn.

Er strahlte. „Hailey."

Sie hielt ihn fest und seufzte glücklich.

Später an diesem Morgen gingen Josh und Hailey begleitet von einer königlichen Eskorte zum Eingang des Palasts. Phillip konnte gar nicht aufhören, sich wegen all der – offensichtlich geplanten – Hochzeitskatastrophen zu entschuldigen. Doch Hailey war stilvoll wie immer und gab sich großzügig und beruhigte ihn. „Phillip, wir hatten eine wunderbare Hochzeit. Bitte, mach dir keine Sorgen. Meine einzige Sorge ist, inwieweit sich das auf das künftige Hochzeitsgeschäft hier auswirkt."

In diesem Moment kam Kronprinz Gabriel – im Smoking, als wäre er gar nicht zu Bett gegangen – begleitet von Palastwachen in ihre Richtung, die Bonnie in ihrer Mitte hatten. Sie ging mit gesenktem Kopf und hängenden Schultern. Gabriel war steif und sah immer noch wütend aus. Die Wachen würden Bonnie wahrscheinlich bis auf die Fähre bringen.

Als sich die Palasttore hinter ihr schlossen, drehte Gabriel sich um und sagte zu ihnen, Phillip und den Dienstboten, die sich um ihr Gepäck kümmerten: „Ab sofort ist der Palast für immer für Außenstehende geschlossen!"

„Gabriel, es war eine–", begann Phillip.

Gabriel wirbelte zu seinem Bruder herum und wedelte mit der Hand. „Keine Hochzeiten mehr, keine Außenstehenden, und damit basta."

Als sich die Türen knarzend öffneten, drehten sich alle um. Josh vermutete, dass es Bonnie war, die das letzte Wort haben wollte, doch es war eine Frau mit wilden braunen Locken und einer großen Sonnenbrille mit weißem Rahmen. Sie trug ein enges, ärmelloses Kleid mit riesigem Ananasprint.

Sie zog ihren Koffer hinter sich her und eilte auf ihren Leopardenpumps in Gabriels Richtung. „Oh, ich liebe das jetzt schon!" Ihr Akzent war offensichtlich amerikanisch. Sie blieb neben dem grimmig dreinblickenden

Gabriel stehen, zückte ihr Handy und nahm ein Selfie auf.

„Der Palast ist geschlossen", blaffte Gabriel. „Und hat Ihnen noch nie jemand gesagt, dass es ungehörig ist, jemanden ohne dessen Erlaubnis zu fotografieren?"

Die Frau zuckte zusammen, dann murmelte sie: „Es gehört sich nicht, einen Gast so anzuschreien. Du meine Güte, dafür bin ich zehn Stunden von Tampa hierher geflogen?"

Ein Muskel in Gabriels Gesicht zuckte. „Ich habe kein Interesse, mich mit Ihnen über weibliche Hygieneprodukte zu unterhalten. Und jetzt raus!"

Josh unterdrückte ein Lachen. Hailey kicherte.

„Weibliche was?", fragte die Frau. „Oh! Ha-ha. Nicht Tampon. *Tam-pa*", sagte sie betont langsam und deutlich. „Da komme ich gerade her. Ein wirklich schöner Ort." Sie runzelte die Stirn. „Tampons andererseits würde ich nicht als schön bezeichnen."

Alle starrten sie an.

Die Frau hob die Hand an ihren Mund und flüsterte Hailey laut zu: „Was ist das denn für ein grantiger Butler?"

Gabriel versteifte sich noch mehr, falls das überhaupt möglich war. „Wer sind Sie?"

Die Frau warf ihre dunklen Locken über eine Schulter und streckte die Hand aus. „Ich bin Polly Lyon."

Gabriel starrte ihre Hand an und machte keine Anstalten, sie zu schütteln.

Polly ließ die Hand sinken. „Sie mögen vielleicht der heißeste Butler sein, den ich je gesehen habe, aber ... der Stock, den Sie im Arsch haben, macht mich wirklich fertig."

Alle starrten Gabriel an, um zu sehen, wie er darauf reagieren würde.

Und dann lächelte der grimmige Kronprinz Gabriel Rourke plötzlich.

Drei Monate später editierte Hailey sorgfältig die Zitate aus *Luxury Weddings* und *Bride Special,* um die perfekten Marketingslogans für Villroy Island zu formulieren, sollten sie sich je entscheiden, ins Hochzeitsgeschäft zurückzukehren. Es hatte sich herausgestellt, dass Bonnie gelogen hatte und keine weiteren Hochzeiten geplant waren. Ihr einziges Ziel war es gewesen, die erste externe Hochzeit im Schloss zu sabotieren, um Villroys Chancen, sich als Hochzeitslocation zu etablieren, zu zerstören. Wie sie damit ihre angeblich königliche Blutlinie hatte etablieren wollen, konnte Hailey nicht nachvollziehen. Diese Frau hatte wirklich eine Meise.

Hailey konnte es nicht erwarten, die schönen Zitate der Magazine auch für Love Junkies zu nutzen, das sich prächtig entwickelte. Dank ihrer und Allys Bemühungen und Mads ausgezeichnetem Marketingplan hatte das Büro noch mehr Aufwind bekommen. Während Hailey die Zitate bewunderte, lächelte sie vor sich hin. Die persönliche Erfahrung einer Hochzeit voller Liebe konnte ihr nur in ihrem Beruf helfen.

Luxury Weddings: „Ein Blick auf dieses bis über beide Ohren verliebte Paar allein hätte diese Hochzeit zu einem Erfolg machen können." *Bride Special*: „Eine elegante, heitere Zeremonie und ein Empfang, dem man die Liebe deutlich angemerkt hat."

Dank ihres wachsenden Babys war sie viel zu Zen, um an die Dinge zu denken, die schiefgegangen waren. Josh hatte gegen die Tränen ankämpfen müssen, als sie beim letzten Ultraschall erfahren hatten, dass ihr Baby ein Mädchen war. Ihr Kriegertier würde ein wunderbarer Dad werden.

La-La-La. Das nächste Stück war ein Fall für die Papiertonne – und wenn sie doch nur das Internet gleich mit schreddern könnte …

Luxury Weddings

Hochzeit im Paradies oder Verfluchte Hochzeit?

Ich will nichts beschönigen – die erste Hochzeit auf Villroy Island war alles andere als perfekt. Doch sie war voller Liebe. Und ich liebe die romantischen Details. Wie wäre es mit einem Bräutigam, der hinter den Kulissen alles tut, um die Party zu retten, nachdem der Caterer in Streik getreten ist? Einer Braut, die als ihre eigene Hochzeitsplanerin einspringen muss, um das Chaos zu beseitigen, das eine inkompetente Hochzeitsplanerin verursacht hat, die später dann auch noch von der Insel verbannt wird? Ganz zu schweigen von einer Kostümhochzeit, die unerwartet drei Stunden vor der Debuthochzeit stattgefunden hat. (Siehe separater Artikel.)

Unser unerschrockenes Paar hat beides geschafft und noch viel mehr und damit unter Beweis gestellt, dass Liebe viel wichtiger ist als jedes traditionelle Detail. Habe ich schon erwähnt, dass die Musiker als Wikinger verkleidet direkt von einem Rollenspielevent kamen? Oder dass das Kleid ein Ersatz war, da das ursprünglich vorgesehene von einem Feuer im Atelier zerstört worden war? Oder den „Happy Birthday Hailey" Kuchen anstatt einer Hochzeitstorte?

Nicht zu vergessen, dass die Braut bei ihrem eigenen Junggesellinnenabschied auch noch über Bord gestoßen worden war! Und als wäre das nicht schon genug, mussten die Blumen für die Dekoration am Straßenrand gepflückt werden, da der Florist nicht die versprochene Bestellung geliefert hatte. Manche haben geglaubt, die Hochzeit sei verflucht gewesen. Doch nicht dieser glückliche Gast. Ein Blick auf dieses bis über beide Ohren verliebte Paar allein hätte diese Hochzeit zu einem Erfolg machen können.

REDIGIERT AUF ANWEISUNG SEINER MAJESTÄT KÖNIG GABRIEL ROURKE VON VILLROY ISLAND.

Ich sage, lassen Sie uns Villroy Island als Hochzeitslocation eine Chance geben – vorausgesetzt, sie stellen einen neuen Hochzeitsplaner ein. Die Location ist fantastisch!

Erfahren Sie mehr über Gabriel Rourke in meinem neuen Liebesroman *Königlicher Fang*.

Ich bin der Kronprinz von Villroy, Erbe eines Königreichs und dazu verpflichtet, zu heiraten und einen Thronerben zu zeugen.

Ich hatte ein diskretes Arrangement durch königliche Kanäle erwartet, doch was ich bekommen habe, war ein Palast voller Frauen, die um meine Hand streiten. Und wie „gewinnen" sie dieses barbarische Spiel, das meine ausgefuchste Mutter eingefädelt hat? Indem sie sich einfallen lassen, was keinem von uns gelungen ist – wie man die strauchelnde Wirtschaft des Königreichs retten kann – und das durch eine Serie von Herausforderungen.

Dieser Zirkus ist unter der Würde eines Mannes von meinem Rang! Beweisstück A: Diese schlüpfrige Amerikanerin, bar jeglicher Manier mit den viel zu engen Kleidern, die die Horde anführt. Jemanden wie sie könnte ich nie lieben – von heiraten ganz zu schweigen.

Ich weiß nicht, wie ich mich in solche Situationen bringe.

Ich hatte geglaubt, hier zu sein, um das Erbe meiner Freundin abzuholen und mit dem Geld zurückzukommen, um sie aus dem Knast zu holen. (Scheinbar ist Prinzessin im Exil zu sein, keine Entschuldigung für Identitätsdiebstahl.) Darum, ja – ich bin nicht wirklich von königlichem Blut. Ich bin eine Waise, eine Selfmade-Frau, und stolz darauf. Doch plötzlich finde ich mich im königlichen Wettstreit mit einem Haufen durchgeknallter Weiber „um unvorstellbare Reichtümer" wieder. Ich stehe unter Zeitdruck, was bedeutet, dass ich diesen Wettkampf schnell gewinnen muss. Nur dafür muss ich den Richter für mich gewinnen – den so heißen wie grimmigen Gabriel. Jetzt kämpfe ich um mehr als nur das Geld. Doch könnte ein Prinz sich je in eine Bürgerliche wie mich verlieben?

Melden Sie sich für meinen Newsletter an, um zu erfahren, wann *Königlicher Fang* erscheint. Kyliegilmore.com/DEnewsletter

BÜCHER VON KYLIE GILMORE

Die Clover Park Reihe

The Opposite of Wild (Buch 1)

Daisy Does It All (Buch 2)

Bad Taste in Men (Buch 3)

Kissing Santa (Buch 4)

Restless Harmony (Buch 5)

Not My Romeo (Buch 6)

Rev Me Up (Buch 7)

An Ambitious Engagement (Buch 8)

Clutch Player (Buch 9)

A Tempting Friendship (Buch 10)

Clover Park Bride (A Clover Park Short)

A Valentine's Day Gift (Buch 11)

Maggie Meets Her Match (Buch 12)

Die Clover Park STUDS Reihe

Almost Over It (Buch 1)

Almost Married (Buch 2)

Almost Fate (Buch 3)

Almost in Love (Buch 4)

Almost Romance (Buch 5)

Almost Hitched (Buch 6)

Happy End Buchclub Reihe

Hollywood Inkognito (Buch 1)

Ärger im Anzug (Buch 2)

Gewagtes Spiel (Buch 3)

Förmliche Vereinbarung (Buch 4)

Wenn der Bad Boy keiner ist (Buch 5)

Ein Störenfried zum Verlieben (Buch 6)

Schicksalsbegegnungen (Buch 7)

Eine Romantische Chance (Buch 8)

Ein sündhafter Flirt (Buch 9)

Ein unbequemer Plan (Buch 10)

Eine Happy End Hochzeit (Buch 11)

ÜBER DEN AUTOR

Kylie Gilmore ist die *USA Today* Bestsellerautorin der Happy End Buchclub Reihe, der Clover Park Reihe und der Clover Park STUDS Reihe. Sie schreibt unterhaltsame zärtliche Romanzen mit einer gesunden Prise Humor.

Kylie lebt mit ihrer Familie, zwei Katzen und einem verrückten Hund in New York. Wenn sie nicht gerade schreibt, Kinder bändigt oder bei Autorenkonferenzen pflichtbewusst Notizen macht, findet man sie beim Stretching – bis ganz nach oben ins oberste Regal, um dort ihren geheimen Schokoladenvorrat zu erreichen.